一點都不想相親的我設下高門檻條件，結果同班同學成了婚約對象!? 4

櫻木櫻
插畫
clear

story by sakuragisakura
illustration by clear

Kadokawa Fantastic Novels

Contents

story by sakuragisakura
illustration by clear
designed by AFTERGLOW

第一章　與婚約對象賞花　007
第二章　與婚約對象去水上樂園約會　091
第三章　與婚約對象去溫泉旅行　前篇　127
第四章　與婚約對象去溫泉旅行　後篇　189
epilogue　終章　244
番外篇　雪城愛理沙的願望　251

第一章　與婚約對象賞花

三月下旬。

白色情人節過後的星期天。

「……打擾了，由弦同學。」

「嗯，進來吧。」

愛理沙跟之前一樣，來到由弦的房間。

由弦的態度一如往常，愛理沙卻有點坐立不安。

「……怎麼了？愛理沙。妳在想什麼嗎？」

由弦為心神不寧地坐下來的愛理沙送上一杯咖啡，開口詢問。

愛理沙臉頰微微泛紅，摸著亞麻色髮絲回答：

「那、那個……我們……現在是真正的婚約對象對吧？那個……成為戀人了。」

「咦？喔、喔……嗯，對啊。這算是交往後的第一次約會吧？」

如果在家約會也包含在內，今天可以說是值得紀念的日子。

不過，不太會考慮到這種事的由弦什麼都沒準備。

「……妳希望來場正式一點的約會，當成紀念嗎？」
「啊，不是的。我完全沒有那個意思……」
由弦有點擔心，愛理沙急忙搖手否認他的疑問。
「那個……我只是有點在意……成為戀人後會有什麼改變。」
「噢……原來如此。」
由弦不禁苦笑。
由弦和愛理沙一直以來都是虛假的「婚約對象」。
然而，如今他們成了名副其實的真正婚約對象，成了戀人。
……但目前也只有身分改變而已。
事實上，兩人從互道心意、正式交往前開始，就夠像情侶了。
相處模式一點變化都沒有。
「一般的情侶……會做些什麼呢？」
「就……牽牽手？」
「牽過了。」
「嗯，的確呢。」
由弦不記得兩人第一次牽手是在什麼時候。
他記得夏日祭典時，他們的手自然而然就牽在一起……

還有新年的時候，由弦積極地想跟愛理沙牽手。
（擁抱……也做過了。）
由弦想起他在聖誕節緊緊擁抱過愛理沙。
記得那非常溫暖、柔軟的身軀。
牽手、擁抱，下一個階段是……
「……接吻……之類的。」
愛理沙低聲說道。
她立刻摀住自己的嘴巴。
瞬間滿臉通紅。
「沒、沒有，那、那是，呃……打、打個比方而已。那個……不是我想做……」
愛理沙連忙否認自己說過的話。
臉有點紅的由弦問她：
「……妳不想做嗎？」
「不、不是，那個……」
「可以的話，我還滿想做的。」
由弦牽起愛理沙的手。
緊盯著她的臉。

面對筆直凝視自己的藍寶石，愛理沙那雙在長睫底下閃耀光輝的綠寶石，稍微移開了視線。

她微微低下頭，害羞得目光游移。

「那、那個……不是的……」

「想還是不想？」

由弦加重雙手的力道。

受到逼問的愛理沙往旁邊看過去，彷彿在尋找退路……

不過他的雙手被由弦抓住，無路可逃。

「…………」

愛理沙帶著柔弱的表情，稍微抬起視線。

她由下往上看著由弦，張開紅潤的嘴唇。

「想、想做……」

兩人互相凝視。

害羞到了極點，總覺得好難為情，想要轉過頭……視線卻不知為何無法從對方身上移開。

沉默降臨。

證明時間仍在流逝的，唯有雙方劇烈的心跳聲。

「……可以嗎？」

首先開口的是由弦。

愛理沙的回答……是沉默。

由弦緩緩把臉湊近愛理沙。

將自己的嘴唇印上她的紅唇……

由弦的動作在前一刻停下。

因為愛理沙的雙手輕輕抵在他的胸膛。

力氣非常小，完全沒有用力。可是……

這是表示拒絕的行為。

「……妳討厭這樣嗎？」

心生不安的由弦詢問愛理沙。

愛理沙紅著臉搖頭。

「不、不是的……不會討厭。只不過……」

「只不過？」

愛理沙微微低下頭，隔著亞麻色的瀏海抬頭看著由弦回答。

「很、很難為情……」

愛理沙用雙手遮住紅通通的臉頰，身體顫抖起來。
看見她這個反應，由弦忍不住咕噥道：
「……妳好可愛。」
「咦？」
「沒、沒有，我什麼都沒說。」
他將不小心脫口而出的感想蒙混過去，在內心鬆了口氣。
至少愛理沙似乎不是討厭由弦，或者對親密接觸抱持過度的恐懼感。
「這樣啊……難為情嗎？嗯，的確。」
由弦對愛理沙的回答表示贊同。
他自己也不是完全不害羞……但想和愛理沙互相碰觸的心情更在這之上。
然而不顧愛理沙的意願硬來，並非他的本意。
所以他才附和愛理沙……避免她顧慮到由弦的感受，或者害怕被由弦討厭，沒有那個意思卻接受由弦的吻。
「那個，我、我並不討厭喔？可是，呃……太、太害羞了……」
愛理沙則像在掩飾、找藉口似的這麼說。
她的表情彷彿在窺探由弦的臉色。
翡翠色的眼睛浮現不安及恐懼的情緒。

「嗯，我明白。沒事的。」
由弦語氣柔和，以驅散愛理沙的不安。
他溫柔地撫摸她的頭髮。
或許是因此放下心來了吧，愛理沙露出迷濛的眼神。
她放鬆緊繃的身軀，靠到由弦胸前。
「……慢慢來吧。我們還有很多時間。」
「好的。」
她揪住由弦的衣服，小聲回答。
然後抬頭凝視由弦……
「那個，要不要……練習一下？」
她提出這個建議。由弦不禁回問：
「……練習？」
「是、是的。」
愛理沙紅著臉輕輕點頭。
「那個，一開始就親嘴巴……我、我會害羞……」
「原、原來如此。」
由弦搔著臉點頭，在心中自言自語。

（我、我太急了……）

冷靜一想，通常會先做點更簡單的肌膚接觸才對。

一開始就想接吻，自然會被拒絕。

（這、這樣不行……我有點欠缺冷靜……）

由弦一直記著不能操之過急，也覺得自己沒有操之過急……

然而實際上，他似乎在不知不覺間失去了冷靜的判斷力。

簡單地說，就是不小心表現得跟缺乏戀愛經驗的處男一樣。

「由弦同學？你怎麼了嗎？」

愛理沙呼喚一語不發的由弦。

由弦回過神來。

「沒有，我在想點事情……我在思考，所謂的練習具體上要做些什麼。」

他急忙找了個理由。

愛理沙依然紅著臉，輕聲回答：

「那個……先親嘴唇以外的部位，例如……臉頰。」

由弦反射性地望向愛理沙的臉。

光滑白皙，摸起來一定很柔軟有彈性。

「是嗎？那……就從臉頰開始……」

由弦盡量自然地抱住愛理沙。

愛理沙閉上眼睛，準備接受他的吻。

然後……

「還、還是不行！」

聽見愛理沙這句話，由弦停了下來。

他想要親上去的臉頰，染成了紅色。

愛理沙害羞地扭動身軀，緊接著驚覺般地抬頭望向由弦。

「呃，那個……我不是討厭你……」

「別擔心，我懂。」

他知道愛理沙只是害羞罷了。

……否則由弦有信心自己將會大受打擊。

「畢竟嘴巴的難度如果是最高級，臉頰就是中級嘛。」

「對、對呀。我們是初學者，先從適合初學者親的地方開始吧。」

雖然不知道接吻到底有沒有分難度……

然而由弦和愛理沙是這麼認定的。

「不過適合初學者親的地方……是哪裡？」

「我想想……嗯……」

缺乏戀愛經驗的由弦跟愛理沙，一時之間想不到除了臉頰和嘴唇，還有哪裡可以親。

兩人煩惱了一陣子……

「對了，這樣如何？」

由弦靈機一動，輕輕牽起愛理沙的手。

愛理沙疑惑地歪過頭。

「由弦同學？」

由弦對愛理沙笑了笑，望向她雪白的手。

明明平常會做洗滌一類的家事，愛理沙的手卻仍舊水嫩光滑，十分美麗。

修得整整齊齊的指甲也光澤亮麗。

纖長的手指連一根細毛都看不見。

無名指上戴著由弦送的銀色戒指，正閃耀著光芒。

看得出她每天都有細心保養。

由弦對著那神聖如白雪的少女手背……

「啊……」

落下一吻。

嘴唇的觸感使愛理沙小聲驚呼。

「怎麼樣？」
「這樣……可以接受。」
愛理沙微微別過頭，一隻手摸著胸口。
然後瞄向由弦。
「那個……可以請你再做一次嗎？……這次要換個姿勢。」
「姿勢？」
愛理沙點了點頭，默默起身。
將手背遞到由弦面前。
「那個，我很嚮往……這種事……」
「噢……原來如此。」
由弦站起來面向愛理沙。
他單膝跪地，溫柔地執起愛理沙的手。
接著把嘴唇印在愛理沙的手背上。
「您覺得如何呢？」
他語帶調侃地問。
「……非常棒。」
愛理沙用另一隻手按著胸膛，神情陶醉。

目光迷離，興奮得顫抖的模樣，看起來十分性感。
由弦看著愛理沙，再次親吻她的手背。
「啊……」
愛理沙輕聲嘆息，扭動身軀。
她雙腿打顫，軟趴趴地倒向前方。
由弦輕輕抱住她。
撐著全身無力的愛理沙，慢慢讓她坐下。
愛理沙以鴨子坐的姿勢癱坐在地。
一副腿軟的樣子。
「……這麼舒服嗎？」
由弦詢問低著頭、顫抖不已的愛理沙。
儘管她的臉被瀏海遮住，看不見表情，但從頭髮底下露出的耳朵整個紅透了。
「……是的。」
愛理沙用雙手撐住身體，喘著氣回答。
她慢慢抬起臉。
「下次再麻煩你了。」
「好……可是在那之前，妳也親我一下吧。」

由弦伸出手背。
愛理沙輕輕點頭，握住由弦的手。
然後顫抖著慢慢把嘴唇湊近……
在上面碰了下。
「有什麼感覺？」
「還不壞吧……妳呢？」
由弦瞇起眼睛回答。
話雖如此，再怎麼說都不會像愛理沙那樣腿軟。
還不壞……但也稱不上舒服，這才是由弦真正的感想。
「我也覺得……還不壞。」
跟想像中的不太一樣。
愛理沙歪著頭，彷彿想這樣說。
被人親跟親人，感覺當然不同。
對於吻手背一事，愛理沙至少是喜歡的，卻對吻別人的手背沒什麼興趣。
「以後多加練習吧。」
「說得也是……嗯，我也會去查資料的。」
接吻的練習暫時告一段落。

愛理沙也挺直背脊，大概是恢復力氣了。

「話說回來，由弦同學，櫻花的季節到了呢。」

愛理沙突然改變話題。由弦也順著她答腔。

「已經開了呢。」

不過應該還要再等一陣子才離適合賞櫻就是了。

最近漸漸可以看見正要綻放的花蕾。

「春假要不要一起去賞花？……就我們兩個。」

愛理沙難得主動邀約。

她握緊雙拳。

「我會做好吃的料理帶去的。」

「那真是太感謝了。不過……」

由弦想起春假的計畫，搔著臉頰。

「不行嗎？」

「我春假有事……我們家預計要去國外旅行。」

每年春假，全家一起去國外旅行是高瀨川家的例行活動。

機票跟飯店都訂好了，無法取消。

與愛理沙共度的時間固然珍貴，但和家人相處的時間同樣不容忽視。

「是嗎……那也沒辦法……」
愛理沙沮喪地垂下肩膀。
其實由弦本來就打算主動告訴她春假另有安排，沒辦法約會……
結果變成回絕了愛理沙的邀約，害她有點受傷。雖說是不可抗力，他依舊反省了一下。
「不是整個春假都要待在國外……如果是頭尾的某一天，我可以抽出時間。」
「……沒關係，總是要打理準備的吧？你回國後肯定也累了。我不能硬是約你出來。」
愛理沙搖搖頭。
她是為由弦著想才這麼說的。然而由弦也想跟愛理沙一起去賞花，不禁有點遺憾。
「只是賞個花而已，不會累到哪去啦……」
「改成四月吧。等你回來，處於萬全的狀態下再說。」
由弦點頭同意愛理沙的提議。
「嗯，這樣比較好。」
櫻花又不會跑掉……
並非如此，花期是有限的。但賞花也不是只能在春假去。
「旅行呀……你們要去哪裡？」
「這次去新喀里多尼亞。」
「……哦。記得那裡在法國吧？」

「嗯，姑且算是啦……但要說成是去法國旅行就有點微妙了。」
新喀里多尼亞是位於美拉尼西亞的法國海外領土。
「……那個，我會寂寞，可以打電話給你嗎？只要講幾句話就好。」
由弦答應了愛理沙可愛的要求。
「知道了……我也會寂寞。而且我也想聽妳的聲音。」
「呵呵……」
聽見由弦這麼說，愛理沙輕笑出聲。
她伸出小指。
「約好嘍。」
「嗯，約好了。」
由弦和愛理沙的小指輕輕勾在一起。

※

「哥，你看你看！好看嗎？」
擁有美麗黑髮及清澈藍眸的少女，在由弦面前脫掉防曬衣轉了圈。
她穿著粉紅色的可愛比基尼和沙灘裙。

由弦露出討好的淺笑，回答發育得比記憶中更好，下個月就要升上國中三年級的妹妹——高瀨川彩弓的問題。

「很適合妳。」

這句話半是真心話，半是場面話。彩弓聽了，用雙手遮住身體。

「咦——哥哥好色喔。」

「那，不適合。」

「咦——哥哥好過分。」

「妳要我怎麼說才好？」

「啊哈哈哈哈！」

彩弓哈哈大笑，不曉得在高興什麼。

她心情很好，或許是度假的氣氛使然吧。

由弦心想「由此可見，她還是個小孩子」，卻忘記自己也沒好到哪去。

……畢竟他的心情也是好到可以陪亢奮的彩弓玩的程度。

「幸好是大晴天。」

「對呀——」

由弦和彩弓望向面前的美麗大海。

用不著說明。

這裡是如畫般的南國度假勝地。

「日本還那麼冷……真不想回去——」

「妳嘴上這麼說，反正再過一個星期就會叫著想快點回日本了吧？每次都這樣。」

「這次不一樣！」

「那就好。到時別鬧脾氣啊。」

「我已經長大了！」

彩弓沒有騙人。

至少去年她並沒有吵著要回去，給雙親帶來困擾。

前年倒是吵了好一陣子。

「噢……對了。」

想回日本。

聊到這點時，由弦突然想到一件事……

他從泳褲的口袋裡拿出手機。

「你要拍照呀？真難得。」

「我想傳照片給愛理沙。」

「喔……」

彩弓發出了然於心的聲音。

臉上帶著傻眼及調侃的情緒。
由弦對彩弓的反應嗤之以鼻，拍了幾張照片。
就在這時……
「哥、哥，也幫我拍一張！」
彩弓比著勝利手勢站到手機前。
她笑容滿面。
「我要傳到ＩＧ上。」
「……欸，是可以啦。小心可別洩漏個資嘍。」
「知道啦，知道啦。」
由弦喀嚓喀嚓地按下快門。
可能是興致來了，起初只是比著勝利手勢的彩弓，開始跟模特兒一樣擺出大膽的姿勢。
「哥，你覺得如何？性感嗎？」
「嗯嗯嗯，好性感好性感。」
「你真的這麼覺得嗎？」
兩人聊著聊著。
彩弓也拿出自己的手機。
「哥哥也來拍嘛。」

「是沒關係啦……但妳不要傳到網路上喔。我不太喜歡那樣。」

「知道知道，我只會拿給朋友看。」

「……拿我的照片嗎？」

「可愛的妹妹把引以為傲的哥哥曬給別人看，沒什麼好奇怪的吧？」

彩弓咧嘴一笑。

剛才天真無邪的笑容相比，表情的感覺有點差異。

（唉……原來是這樣。）

該說看不出來，還是昭然若揭呢？

高瀨川彩弓這名少女，在國中裡是以女王身分君臨頂點……的樣子。

看來「帥氣哥哥的照片」，對女王陛下而言是炫耀權力的道具之一。

只要她不會表現得跟女性向作品中的反派角色一樣，由弦倒不會特別講什麼。

由弦決定陪彩弓自拍。

彩弓熟練地拍了一張又一張照片。

「對了，等等還要拍爸爸跟媽媽……」

彩弓走向雙親所在之處，打算邀請兩人。

不過，她很快就閉上嘴巴。

因為……

「討厭，和彌好色！」
「我只是在塗防曬油啊？是妳不好。」
映入眼簾的，是高瀨川和彌和高瀨川彩由卿卿我我，幫對方塗防曬油的畫面。
兩人毫不在意孩子們的目光，在陽傘下調情。
（虧她那個年紀還敢穿那麼大膽的泳衣……）
看見母親穿著不只比彩弓「性感」，甚至比愛理沙去年穿的泳衣更壯觀的泳衣，由弦不知道該傻眼還是該表示尊敬。
「……還是別去礙事好了。」
「嗯，對啊。」
幸好這片沙灘現在被他們包下來了。
只要由弦和彩弓不當電燈泡，就不用擔心兩人世界遭到破壞。
兩人並沒有不識相到故意跑去打擾用不著照顧小孩，盡情享受第二春的雙親。
「要是多出弟弟跟妹妹，能繼承的財產會變少，拜託不要——」
「他們都這把年紀了，不可能又生一個吧。」
由弦和彩弓面面相覷，露出苦笑。

※

「妳也該回去了吧？……很晚了。」

由弦苦笑著對窩在他房間耍廢的妹妹彩弓說。

高瀨川家在飯店訂了三間房。

一間給和彌、彩由夫妻住，剩下兩間房分別給由弦和彩弓住。

明明有自己的房間，彩弓卻一直待在由弦的房間。

閒著沒事做。然而都出國旅行了，不想玩手機遊戲打發時間。這是彩弓的主張。

由弦可以理解她的心情，於是陪她玩了西洋棋、將棋、撲克牌、麻將等遊戲。

而兩人的父母和彌與彩由丟著兩個孩子不管，去賭場玩了。

由弦和彩弓也想跟去賭場……法律卻不允許。

「咦——」

「咦什麼咦……要是妳明天早上起不來，我可不管喔？」

在家耍廢是可以。

但浪費掉寶貴的旅行時間就有點可惜了。

「是說我也差不多該睡了。」

「那再一場！再比一場嘛！」

彩弓拿著麻將嚷嚷。

目前是由弦的勝場數較多。不過他們這次沒有賭錢，勝場沒什麼意義。
「我該打電話給愛理沙了。」
迫於無奈，由弦只好拿愛理沙當藉口趕走妹妹。
他們確實有約好要講電話，卻沒有指定時間。
日本的時間比這裡慢兩個小時，晚一點打也不會給愛理沙添麻煩。
「好吧……」
一搬出愛理沙的名字，彩弓似乎也沒辦法繼續抱怨。
她嘆了口氣，聳聳肩膀。
「……看來我很快就要當姑姑嘍。」
她留下這句話，轉身離去。
確認彩弓走掉後，由弦拿出手機。
他剛才說的話有一半是騙人的。可是只要現在打電話過去，就不算說謊。
「喂。」
『喂喂！』
愛理沙雀躍的聲音傳入耳中。
由弦產生了看見她在手機前面搖尾巴的幻覺。
「妳在做什麼？」

『剛洗完澡。你呢？』

「正要睡……想聽聽妳的聲音。」

由弦笑著說道，愛理沙也輕笑出聲。

『我看到照片了，很溫暖的樣子。好羨慕……』

三月的日本雖然回暖了一些……但天氣還是很冷。

相較之下，這裡相當溫暖。

然而，愛理沙說的「羨慕」比起氣溫，聽起來更像在針對旅行一事。

由弦聽愛理沙說過……小時候她好像還滿常去旅行的，不過住進天城家後，就再也沒有外出旅行過。

「那麼，有機會的話，下次一起去南國島嶼吧。」

『咦，可以嗎？』

「呃，這個嘛……高中畢業前或許有困難。」

只要拜託父母，明年應該可以帶愛理沙同行……

但如果父母暗示不希望旅行時有外人在，由弦也沒辦法逼他們。

「無論如何，總會找個地方度蜜月吧？」

『度、度蜜月……有、有點……太早考慮這些了啦……』

愛理沙的聲音拔尖。

度蜜月確實是很久以後的事。
同時卻也是必將到來的未來。
「哎呀，是沒錯。比起度蜜月……大概會先去海邊玩吧。」
『海邊很棒呀。我想跟你一起去……像去年那樣去水上樂園也行。』
這麼一提，由弦去年跟愛理沙的確一起去過水上樂園。
他想起來了。
當時他和愛理沙的關係……倒不是不好，不過至少沒像現在一樣親密。
……現在應該會有更不一樣的玩法吧。
『那、那個，由弦同學。』
「怎麼了？」
『就是，我……不太擅長游泳。』
「噢……對喔，妳講過。」
游不到二十五公尺。
由弦想起愛理沙提過這件事。
『是的。那個……在水上樂園玩完全沒問題。可是……上課的話……』
「妳不嫌棄的話，要不要我教妳？」
察覺愛理沙想表達的意思，由弦如此回應。

『可以嗎？』

「嗯，沒問題哦。」

要不要教愛理沙游泳呢……

由弦原本去年夏天就考慮過。

因此對他而言沒有任何問題。

『謝謝！那……我們約好嘍？』

「嗯，我答應妳。」

兩人為今後的約會訂下約定，掛斷電話。

※

之後，過了一段時間……

春假結束後的第一個上學日。

「早安，由弦同學。」

「早安，愛理沙。」

愛理沙來到由弦住的華廈接他。

「由弦同學……你有點曬黑了呢。」

這是由弦自旅行回來後和愛理沙的初次見面。

儘管他傳了好幾張有拍到自己的照片，照片和本人看起來依舊有點差異。

「哎呀……畢竟是南方的島嶼嘛。」

不過說是曬黑，也只是稍微感覺得到變化的程度。

不是真的曬成黑色。

「你拿的東西該不會是……」

「嗯，是土產。我想等到學校再給大家。等等給妳。」

由弦輕輕提起手中的紙袋。

是從新喀里多尼亞帶回來的土產。

此外，以「高瀨川家」的名義送的土產，全都用郵寄的方式寄給平日對他們「關照有加」的對象。

由弦手中的是自己要送給亞夜香等人的土產。

言歸正傳……

由弦再次對愛理沙展露微笑。

「見到妳真讓人高興。我一直很想妳。」

愛理沙臉頰微微泛紅，在由弦的胸口輕輕搥了下。

「討厭，別講這種話啦！」

「……妳不想我嗎？」
由弦詢問害羞的愛理沙。
愛理沙垂下眼簾回答：
「這個嘛……嗯、嗯……」
她含糊其辭。
由弦對愛理沙展開雙臂。
「可以抱妳嗎？」
聞言，愛理沙眨了好幾下翡翠色的眼睛。
雪白的肌膚染上玫瑰色。
她瞄了周圍幾眼，確認沒有其他人在後……
「由弦同學……」
撲進由弦懷中。
由弦用雙手抱緊未婚妻。
美麗的亞麻色髮絲輕輕搔弄鼻尖。
散發淡淡的洗髮精香氣。
未婚妻的身體非常柔軟、炙熱。
「……我好寂寞。」

「對不起。」
兩人只有幾個星期沒見面，重逢時卻像分開了數十年一樣。
「今天開始就是二年級了呢。」
「對啊。」
他們有一搭沒一搭地閒聊。
牽著手上學。
「希望能分到同一班。」
「對喔……經妳這麼一說，要分班了。」
聽見愛理沙這麼說，由弦才意識到。
升上高二會分班。
這麼一來，由弦和愛理沙變成不同班的可能性將會提升。
「你忘了嗎？」
「沒有啦……應該說是不太會想到這件事？我有點緊張起來了。」
然而，不同班並不代表會再也見不到面。
況且上課時間本來就不能說話……
單論下課後的聊天時間，同班與否其實差不了多少。

「如果新年許的願望靈驗……一定會同班的。」
「……對啊。那可是兩人份呢。」
希望今年也能在一起。
他們想起自己曾經在神社許下這樣的願望。
聊著聊著，兩人抵達學校。
由弦和愛理沙接過在玄關附近發放的通知單。
上面寫著今年的詳細分班表。
結果是……
「啊，同班。」
「我們同班呢。」
兩人分到了同一班。
由弦和愛理沙鬆了口氣。
「……亞夜香同學、千春同學、天香同學也在這一班。」
「宗一郎和聖也是嗎……」
他們在名單中尋找好友的名字，發現一件事。
大家都在同一個班級。
「……是巧合嗎？」

「誰知道呢？是巧合……吧。」
話雖如此，由弦其實沒辦法斷定絕對是巧合。
要說校方只是把感覺很難搞的學生集合到同一班，也是說得通。
「算了，理由不重要。走吧，愛理沙。」
「說得也是。」
走進教室，已經到學校的亞夜香前來跟兩人搭話。
「嗨嗨，由弦和小愛理沙……由弦弦，你曬黑了？」
「對啊。」
由弦隨口回應，從紙袋裡拿出土產。
「拿去，給妳的。」
「謝謝……哦——是夏威夷果巧克力呀。真隨便。」
「這叫安全牌。」
由弦將裝著巧克力的盒子分送給已經到校的朋友——千春、宗一郎、聖、天香。
最後是愛理沙。
「來，愛理沙。」
「謝謝。」
愛理沙高興地收下巧克力。

……看見被盒子壓得微微變形的胸部，由弦移開目光。

「夏威夷果巧克力啊……跟我一樣耶。」

宗一郎站起來，從手中的紙袋裡拿出盒子。

接著遞給由弦跟愛理沙。

「謝謝……今年也去夏威夷？」

「嗯。」

佐竹家每年春天都會去夏威夷。

……他家的小孩多到可以組一支棒球隊。

想必是趟熱鬧的旅程。

「雪城同學也請收下。」

「謝謝你。」

宗一郎接著把盒子拿給愛理沙。

愛理沙向他道謝……發現宗一郎目不轉睛地看著自己。

「怎麼了嗎？」

她面露疑惑。

宗一郎詢問愛理沙：

「往後我可以叫你愛理沙同學嗎？」

「嗯，是可以……」
愛理沙一臉「怎麼這麼突然？」的表情。
「呃……因為妳之後可能會改姓高瀨川嘛。」
愛理沙沒有馬上聽懂這句話。
不過，數秒後她的臉就紅透了。
「這、這個……」
「我想說既然未來要換稱呼，不如現在就這樣叫……妳覺得呢？」
「好的！請務必這樣叫我！！」
愛理沙頻頻點頭，興奮地說。
她嘴裡嘀咕著：「高瀨川愛理沙……高瀨川愛理沙……」暗自竊笑。
……未婚妻流露出讓人感到有些遺憾的反差。
由弦看著愛理沙，有種難以言喻的心情。

※

事情發生在開學典禮的當天晚上。
『喂？』

「啊，亞夜香同學……妳現在方便嗎？」
愛理沙打了通電話給亞夜香。
『嗯？方便啊……怎麼了？』
「那個……有件事想找妳商量。」
『嗯嗯。』
「由弦同學喜歡什麼樣的女性？」
『……不是金髮巨乳美少女嗎？』
「不、不是，我問的不是那個……」
自己的問法太迂迴了。愛理沙反省了一下。
「那個……我猜，內斂清純的女性……大概正中他的喜好。」
『嗯——應該是吧？事實上，他就是喜歡妳那個部分，不是嗎？……怎麼了？』
「反過來說……太內斂的人，他會喜歡嗎？」
『不知道耶。雖說我們是青梅竹馬，但我也不算瞭解由弦弦的癖性……不過一般而言，太內斂可能會讓人不耐煩。』
愛理沙聞言，稍微垂下肩膀。
「我、我想也是……」
『唉唷，還是要看程度啦？……發生了什麼事嗎？』

「其實……」

愛理沙將事情經過——想跟由弦接吻，卻不好意思——告知亞夜香。

當時她實在控制不住害羞的心情，無法鼓起勇氣。

幸好由弦似乎沒有放在心上，鼓勵她慢慢來就好。

而且雖然兩人沒能做到親嘴和親臉頰，親個手背倒沒什麼問題。

因此愛理沙覺得他們進展得挺順利的……

「一想到由弦同學果然還是會想接吻……那個，我就擔心他會不會對我失望，在心裡不耐煩……」

『由弦弦的小弟弟可能會不耐煩啦。』

「小弟弟……？呃，不、不是那個意思……」

一聽懂亞夜香這句話，愛理沙立刻羞紅了臉。

『我知道，我知道。開玩笑的。』

亞夜香在手機另一端大笑。

她接著像切換了模式般，語氣嚴肅地說：

『再說，你們兩個等於才交往一個月……不是嗎？』

「嗯……是沒錯。」

實際情況先不論，他們以情侶的身分重新開始，確實是最近的事。

不久前還只是異性朋友，有著假婚約這層關係。

『由弦弦滿有耐心的。我覺得他會願意等妳。』

「是、是這樣嗎……？」

『妳會不安？』

「嗯、嗯……」

愛理沙輕嘆一口氣。

簡單地說，她想找亞夜香商量的問題是「自己會不會因為太內斂而被由弦討厭」。

當然，愛理沙也知道由弦不會因為這點小事討厭她。

但會不會有其他想法就另當別論了。

至少，他搞不好會覺得愛理沙是「難搞的女人」。

一想到這裡，她自然會感到不安。

「由弦同學……是很有魅力的男性，一定有很多女生想跟他結婚……假如有在這方面比我更主動的人……」

『妳怕他會被搶走？』

「是的。我當然知道由弦同學不是會劈腿的人……」

不會做劈腿那種背叛伴侶的行為。

不過，他也不是會跟不喜歡的女人結婚的人。

而是會直接明講：「不好意思。我沒辦法……跟妳結婚。」

『唔……』

經過片刻思考，亞夜香回答：

『講真的，進展到這個地步的婚約，沒辦法輕易取消。』

她肯定地說。

「是因為……會牽扯到信用問題嗎？」

『除此之外……不能讓主導婚約的前任當家和現任當家沒面子。另外單純是因為男女關係容易傳出醜聞，也會害家族蒙羞嘛。』

「原來如此……」

『但也不是絕對不可能。假如只停留在婚約階段，只要不在意外界的評價，想怎麼毀約都可以，這是事實。』

「這、這樣呀。」

『因為人際關係沒有絕對可言嘛。』

事到如今取消婚約，會造成莫大的損失。

不過，也可以想成比起結婚後才出問題來得好。

萬一由弦和愛理沙的關係今後明顯惡化，不是不可能取消婚約來「停損」……這是亞夜香的言下之意。

『而且，除了妳以外的未婚妻「人選」……』
近在身邊。
亞夜香將差點脫口而出的話吞回去。
講這種不太可能成真的事，或者該說早已成了一張白紙的過去，只會為愛理沙帶來不必要的不安。
跟思考有巨大隕石從天而降的可能性一樣，沒有意義。
『哎，樂觀點吧。這等於是如果妳討厭由弦弦了，最壞的情況也可以把他甩掉。』
「老實說，我認為自己討厭由弦同學這種事不可能發生……」
『好好好，謝謝妳跟我曬恩愛。由弦弦也一樣不可能討厭妳。妳大可放心。』
「是、是嗎？……說得也是！由弦同學最喜歡我了！」
看來是跟由弦的關係得到他人的擔保，讓她打起精神了。
愛理沙開心地「嘿嘿嘿……」笑著。
亞夜香在手機另一側心想（還真是好噁心的笑聲啊……）卻沒有說出口。
『是說妳不敢親他的話，讓他親妳不就得了？』
「……什麼意思？」
愛理沙歪過頭。
『假設由弦弦很想親妳，想親到不行。』

「嗯。」

『照理說，反而是由弦弦會擔心如果強吻妳，被妳討厭怎麼辦。』

「噢……」

『只要妳不著痕跡地營造出那種氣氛……由弦弦也會判斷「好像可以喔？」主動吻妳。剩下的只要順其自然就好。』

原來如此。愛理沙點點頭。

說實話，她對於跟由弦提議、主動表示要接吻有所排斥。

除了不希望由弦覺得她不檢點外，重點是很難為情，她的身體會忍不住停止動作。

可是交給由弦的話……

愛理沙只要任憑他處置即可。

（任憑他處置……）

一想到那個畫面，愛理沙便感覺到自己的身體在發燙。

光是想像任憑由弦處置，讓他隨心所欲，就有種心癢難耐的感覺。

『小愛理沙？妳在聽嗎？』

「咦，啊，我在聽。怎麼了嗎？」

『沒啦，妳突然不說話，我以為電話掛斷了。』

「沒有……我只是在想事情。」

『哦……色色的事嗎？』
亞夜香笑著詢問。
愛理沙發現自己的耳朵變熱了。
「怎、怎、怎麼可、可能！」
『呃，幹嘛這麼大聲地否認……被我說中了？』
「不、不是！那、那個……我、我在想，呃……就是，具體而言，該怎麼做才好……妳有什麼建議嗎？」
『嗯——』
亞夜香想了一下，回答愛理沙的疑惑。
『比較好懂的就是……身體接觸？』
「……例如握手？」
說到身體接觸，愛理沙只想得到這個。
亞夜香發出無奈的聲音。
『又不是幼兒園小孩。』
「那、那要怎麼做！」
『我想想……倘若要限制在妳的能力範圍內……把頭靠在肩膀上？』
「歪頭的感覺嗎？」

愛理沙在腦中想像自己把頭靠在由弦肩上的模樣。

……然後再度臉紅。

『對對對，把體重壓上去，依偎在對方身上的感覺。』

「原來如此。」

『再雙臂環胸……若無其事地把胸部貼上去就更完美了。』

「胸、胸部嗎……」

愛理沙倒抽一口氣。

碰巧碰到也就算了，要主動讓人碰自己的胸部，需要一定的膽量。

『好不容易長了那麼大的胸部。而且由弦弦超喜歡妳的胸不是嗎？』

「這、這個……或、或許是這樣沒錯……」

由弦的確曾經盯著愛理沙的胸部看。

他喜歡愛理沙的胸部。至少對它有興趣。

故意碰到……說不定滿有效的。

「我、我試試看……在下次賞花的時候。」

『不錯呀。如果成功要跟我說喔。』

兩人又閒聊了幾句後，愛理沙結束了與亞夜香的通話。

她握緊拳頭。

「好！」

然後輕聲吆喝。

※

開學典禮當週的星期天。

由弦穿著較為輕便的便服，在車站等人。

他不停確認時間……

「由弦同學。」

「哇！」

肩膀突然被人抓住。

由弦不小心嚇得叫出來，轉頭一看。

眼前是帶著可愛表情「嘿嘿嘿」笑著的未婚妻。

「別嚇人啦。害我嚇了一跳。」

「誰教你露出破綻。」

愛理沙也跟由弦一樣，穿著比較方便活動的衣服。

下半身是牛仔褲，上半身是襯衫和針織衫。

蘊含由弦心意的求婚戒指，則在她的左手無名指上閃耀著光芒。
上學的時候她不會戴戒指。
……在學校戴昂貴的婚戒得擔心被偷，更重要的是其他人會吵著問是誰送的。
儘管由弦和愛理沙在交往已經是眾所皆知的事實，但有婚約又是另一個次元的事。
瞞著大家不會有壞處。
……雖然該知道的人早就知道了。
「這樣啊……誰教我露出破綻嗎？」
由弦忽然起了一點惡作劇的興致，牽起愛理沙的左手。
愛理沙似乎以為由弦跟平常一樣要牽她的手，自然地伸出手。
……毫無防備。
由弦由下往上牽起愛理沙的手，慢慢將它抬高。
咦？不是要牽手去約會嗎？
他對露出這種表情的愛理沙輕輕笑了笑……
「啊……」
往她的手背——
落下一吻。
愛理沙的身體微微顫抖，白瓷般的肌膚染上淡粉色。

由弦對此毫不在意，朝無名指落下第二個吻。

「嗯啊……」

愛理沙發出無力的聲音。

然後像是要癱坐在地似的倒向由弦，大概是沒力氣了。

「還好嗎？」

「請、請不要……在這麼多人的地方做這、這種事……」

被由弦抱住的愛理沙眼泛淚光，向他抱怨。

她嘴上說不要，看起來卻並不排斥。

在由弦眼中，反而是一臉想要的樣子。

「誰教妳露出破綻。對吧？」

由弦露出壞心的笑容。

愛理沙鼓起臉頰，拍打由弦的胸膛。

「討厭……笨蛋。」

她露出安心卻又有點欲求不滿的表情。

然後，兩人前往車站附近的公園。

有一定面積的公園裡，到處都是盛開的美麗櫻花。

沒錯，這次的約會是期待已久的賞花。

「要坐哪裡？」

「我看看……那附近好像滿適合的。」

幸運的是，有塊看起來不錯的空地。

由弦將他帶來的野餐墊鋪在那個地方。

他負責準備野餐墊跟飲料。

至於愛理沙……

「這是我鼓起幹勁做的。」

她笑咪咪地拿出一、二、三個大餐盒。

愛理沙接連打開餐盒。

盒子裡面裝滿日式、西式、中式配菜，以及可愛的小飯糰和精緻的三明治。

「喔、喔喔……？」

……好多。

由弦憑藉感嘆聲蓋過差點脫口而出的真心話。

「似乎做得有點多。」

愛理沙靦腆一笑。

這叫「有點」嗎？由弦為兩人價值觀的些許差異感到困惑。

「沒、沒關係……沒吃完可以帶回家吃。」

「那樣做的話我會很高興的……你可以當成今天的晚餐或明天的早餐。應該可以放到那時候。」

看來愛理沙預設剩下來的份要由由弦處理。

不過，晚餐和早餐吃得到愛理沙做的菜，對由弦來說反而正好。

「那來吃吧。我開動了。」

「我開動了。」

由弦和愛理沙雙手合十。

他想先從不能久放的，或冷凍後味道一定會變差的菜色吃起，於是拿了三明治。

「好吃嗎？」

「嗯……好吃。」

清脆的生菜和小黃瓜、新鮮番茄的酸味、鹹度恰到好處的火腿，以及柔軟的吐司。

抹在吐司上的醬料，將每種食材黏在一起。

「……醬料的味道變了？」

他不是第一次吃愛理沙做的三明治。

可是醬料的味道跟以前有點不同。

「是的。我做了一些變化。味道如何？」

愛理沙似乎很高興由弦發現了味道的差異。

她喜孜孜地詢問，語氣卻帶有一絲不安的情緒。

「要說的話，這次的醬料是我喜歡的味道。有點辣，滿有特色的。」

「那就好。」

愛理沙開心地笑了。

由弦接著將筷子伸向配菜。

「這道乾燒蝦仁好好吃。」

「是亞夜香同學給我的建議。」

「唔，這個漢堡排明明冷掉了，口感卻不硬。」

「是千春同學教了我訣竅。」

看來愛理沙的廚藝在他們分開的這段時間進步了。

由於很久沒吃她做的菜，由弦的筷子從來沒停過。

最後……

「吃得比想像中還多……」

「對呀……肚子都鼓起來了。」

兩人成功消滅了三分之二的便當。

沒吃完的份是由弦今天的晚餐。

「謝謝招待，愛理沙。很好吃。剩下的我帶回家吃。」
「好的……粗茶淡飯不成敬意。」
吃完飯的兩人再次仰望櫻花。
手自然而然地牽在一起。
「好美。」
「對啊。」
由弦附和愛理沙的感想，看向坐在旁邊的愛理沙。
愛理沙也看向由弦。
四目相交。
兩人忍不住輕笑出聲。
「哎呀……我真幸福。竟然能跟這麼漂亮可愛，廚藝又好的人結婚。」
由弦感慨地說。愛理沙羞紅了臉。
她抬頭看著由弦，往他身上靠過去。
「我也……很幸福。」
兩人之間的距離，近到肩膀會碰在一起。
然後……
「嗯……」

愛理沙輕輕地把頭靠到由弦的肩上。
彷彿要把全身的重量壓上去，依偎在由弦身上。
她害羞地低下頭，勾住由弦的手臂。
「愛理沙……？」
由弦呼喚她。愛理沙沉默不語。
沉默不語，身體卻貼得更緊，彷彿在回答由弦的疑惑。
愛理沙柔軟的雙峰，碰到由弦的手臂。
「……」
由弦也默默摟住愛理沙的肩膀，像要把她輕輕拉過來似的抱住她。
接著將視線移向下方，觀察愛理沙的臉色。
愛理沙……臉都紅到耳根子了，害羞地低著頭。
看不見臉……但看得見其他部位。
雪白的鎖骨、誘人的溝壑，以及……隱隱看得見清純的白色布料。
（難道……）
他試著撫摸美麗的亞麻色髮絲。
然後……
「嗯……」

聽見愛理沙微弱的喘息聲。

可是她完全沒有要抵抗的意思，任人擺布。

（……好。）

由弦下定決心……

牽起愛理沙的手，親吻她的手背。

她果然抖了一下。

「喜歡嗎？」

「是、是的……」

愛理沙稍微扭了一下身體。

她顯然喜歡被人親吻手背。

大概是全身無力了。

愛理沙整個人靠在由弦身上。

由弦溫柔地撐住她，撫摸那頭秀髮。

纖細的髮絲在陽光下閃耀光輝。

高潔神祕，甚至有種神聖感的頭髮，從由弦手中傾瀉而下。

由弦撈起愛理沙的頭髮，將鼻子湊過去。

聞頭髮的香味。

洗髮精跟潤髮乳的柔和香氣竄入鼻間。

「由、由弦同學……？」

「這樣呢？」

他在愛理沙耳邊輕聲呢喃。

然後吻上她一塵不染的髮絲。

溫柔地用嘴唇夾住頭髮，稍微含進口中。

「啊……啊啊……」

炙熱的吐息從嬌嫩的嘴唇傳出。

由弦輕輕握住她的手，愛理沙則用力回握。

她用另一隻手無助地抓住由弦的衣服。

由弦用手指纏上愛理沙的頭髮，拉近自己。

不知不覺，兩人的姿勢變成愛理沙把臉埋在由弦胸前，由弦從正面抱住她。

「我愛妳。」

「……我也是。」

他們緩慢、自然地逐漸靠近。

由弦的嘴唇從愛理沙的頭髮吻到耳朵。

愛理沙抱緊由弦，彷彿在尋求依靠。

由弦接著親吻瑟瑟發抖的愛理沙的臉頰。

「由、由弦同學……」

愛理沙抬頭看著由弦，兩眼微微泛紅。

她將臉湊向由弦。

水嫩的紅唇。

輕輕按在由弦的臉頰上。

藍眸與綠眸目光相交。

由弦將嘴唇靠向愛理沙的唇……

胸口被愛理沙推了下，使他停止動作。

由弦回過神來，發現愛理沙滿臉通紅，微微顫抖。

「……不要嗎？」

愛理沙搖頭否認由弦的問題。

「沒、沒有……不是的。」

她別過頭。

慎重觀察周圍的情況。

「那個，這裡……是外面……」

「咦？喔、喔……」

由弦聞言，搔了搔臉頰。

他完全忘記這裡是公共場所。

他環視周遭，一部分的人紛紛移開目光。

看來被看見了。

「抱歉。」

「沒、沒關係……我也是剛剛才想到。」

愛理沙耳朵都紅了。

這裡是公園，是戶外，是公共場所。

除此之外，由弦的領導似乎並沒有錯。

至少愛理沙在前一刻都還有那個意思。

（我、我太急了。）

又搞砸了。

……鎮定地努力領導愛理沙的由弦，其實是只交過她這個女友的處男。

這也無可奈何。

「由弦同學……由弦同學？」

「咦？喔……不好意思，愛理沙。怎麼了？」
聽見愛理沙呼喚他的名字，由弦才終於回神。
而愛理沙紅著臉，拉扯由弦的衣服。
「那個，是不是該走了？」
愛理沙好像想盡快離開這個地方。
……她很害羞的樣子。
由弦也有同感。
「是啊……嗯，走吧。」
兩人急忙開始收拾東西。

（結果幾乎沒在賞櫻花。）

回程。
由弦和愛理沙並肩走在路上，在心中嘟噥。
不過，享受到了美味的料理和可愛的愛理沙。
比起賞花更想吃糰子。
比起吃糰子更想吃愛理沙。
至於愛理沙……

「……」

她一直沒說話，或許是在為剛才的行為感到羞愧。

臉頰到現在還有點紅。

但她看起來不像在生氣。害羞的愛理沙也很可愛。

由弦猜想過一陣子應該就會恢復，並未放在心上。

兩人在路上走了一段時間……

「喔。」

「哎呀。」

「喔——」

遇到由弦的朋友，良善寺聖。

聖騎著腳踏車，車籃裡放著購物袋。

「對耶，你家在這附近。」

「嗯……你們去約會嗎？」

「對呀。」

聖似乎是外出買東西。

餅乾和巧克力等零食從購物袋裡露出一角。

「唔……」

聖用手抵著下巴，陷入沉思。
接著，他對由弦和愛理沙提議：
「不介意的話，要不要來我家坐坐？請你們喝杯茶。」
經他這麼一說，由弦想起自己很久沒去聖家了。
每年包含聖在內的良善寺家的人，都會去高瀨川家問候……由弦卻很少主動拜訪。
偶爾去坐一下說不定也不錯。
而且……
「愛理沙，妳覺得呢？」
愛理沙沒去過良善寺家。
既然會嫁進高瀨川家，去良善寺家露個臉或許會比較好。
……當然，如果愛理沙想專心跟由弦約會，由弦也不會勉強她。
因為以後有得是機會。
面對由弦的提問，愛理沙輕輕點頭。
「好的。那我就到府上叨擾了。」
於是，兩人突然決定到良善寺家作客。

※

良善寺聖住的良善寺家，在一座小山上。
這座山本身就是他家的私有地。
山峰周圍用鐵絲網圍住，所以出入口只有通往正門的漫長石階。
爬上階梯，等待他們的是如同寺廟大門的巨大門扉。
「哇……該怎麼說，跟由弦同學家有點像呢。」
「沒有妳的未婚夫家那麼大，而且裡面住了很多人。別抱太大的期望。」
聽見愛理沙的感想，聖苦笑著回答。
此外，良善寺家和高瀨川家氛圍相近絕非巧合。
而是因為聖的曾祖父建造良善寺家之際，有刻意模仿高瀨川家。
由弦等人在聖的帶領下穿過外門——旁邊的小門，進入其中。
身穿黑西裝、戴墨鏡，一眼就看得出是保鏢的光頭男子，在門後等待他們。
男子對聖微微低頭。
「歡迎回來。後面那兩位是高瀨川先生和……」
男子的雙眼透過墨鏡，看著由弦跟愛理沙。

愛理沙略顯害怕地抓住由弦的袖口。
「高瀨川由弦先生，和他的未婚妻雪城愛理沙小姐。」
「原來如此……失禮了。」
男子深深一鞠躬。
聖點了點頭，轉身望向由弦和愛理沙。
「跟我來。」
「嗯。」
「好、好的。」
由弦和愛理沙跟著聖踏進屋內。
一進屋就能清楚感受到，高瀨川家和良善寺家的巨大差異。
屋內的人數不同。
高瀨川家只有高瀨川家的人和最少的傭人。
良善寺家則有一堆人在工作——而且一臉凶相。
「……好正式的感覺。」
愛理沙吐露難以言喻的感想。
由弦握緊她的手。
聖在屋裡走了一會兒，打開其中一間房間的拉門。

是間很有格調的和室。

「這裡是客房。當自己家就好。」

由弦和愛理沙照他所說進入和室，坐到坐墊上。

聖與兩人相對而坐。

過了沒多久，同樣穿黑西裝的男子送來茶跟和菓子。

由弦拿起茶杯，愛理沙也戰戰兢兢地喝茶。

「由弦幾年沒來啦？」

「嗯——上次來是小學的時候吧？」

升上國中後，由弦就不再去朋友家玩。

因為他開始往咖啡廳或家庭餐廳跑，打電動和念書的時間增加了。

「這麼久沒來，有什麼感想？」

「一點都沒變……不，也是有不一樣的地方。」

「哦，例如？」

「……外國人變多了？」

「真敏銳。」

看來良善寺家正掀起一股全球化的風潮。

在氣氛炒熱了一些（？）時，愛理沙開口詢問：

「我記得，高瀨川和良善寺……認識了很久對吧？」
她口中的「高瀨川」和「良善寺」指的當然不是由弦和聖，而是兩個家族。
聖回答愛理沙的疑惑。
「我家和高瀨川家，從曾祖父那一代就認識了……以前，嗯，算是當保鑣的。現在……事業拓展到了各個領域。」
例如由弦和愛理沙之前約會的綜合娛樂設施。
良善寺家有出資一部分，多少也有插手管理經營事項。
硬要說的話，主要做的都是社區共生類型的生意。
「……比想像中還正派呢。」
愛理沙喃喃自語。聖苦笑著說：
「……幹不正當的事會被抓吧。」
「說得也是。」
三人喝茶閒聊了一陣子……
又有一人拉開拉門現身。
「好久不見，由弦先生。」
是個下巴留著白鬍鬚，身材矮小的老人。
他身穿和服、手拿拐杖，看似不良於行。

唯有眼神十分銳利。
良善寺清。
他是「良善寺」這個組織的現任會長。
「良善寺先生，好久不見。」
由弦覺得讓行動不便的老人特地跑這一趟不太好意思，正準備起身，對方卻搖頭制止。
「無妨。你就坐著吧。」
不知何時跑到清旁邊的聖，扶著老人坐到坐墊上。
清銳利的視線落在愛理沙身上。
愛理沙挺直背脊。
「初次見面，我是聖同學的同學雪城愛理沙。今日受邀至府上作客，真的非常感謝。」
「唔……雪城愛理沙。這樣啊，妳就是由弦先生的未婚妻。」
「啊，是的……我是由弦同學的未婚妻。」
愛理沙臉頰微微泛紅，一副很害羞的模樣。
她的反應使清的嘴角勾起一抹淺笑。
「呵哈哈哈，這位小姐真可愛，由弦先生。」
「是的。配我真的太可惜了。」
由弦握緊愛理沙的手。

「等、等一下……」愛理沙則發出困惑的聲音。
看見兩人如此親密，清縋起眼睛。
「很好、很好……哎呀，真羨慕高瀨川家的老爺子。希望我家的孫子也能快點找一、兩個對象，讓我安心。」
「腳踏兩條船不行吧……」
聖冷靜地吐槽。
清無視孫子，重新正視愛理沙。
「本來應該由我親自去跟未來的高瀨川夫人打聲招呼，才合乎禮節……新年我會正式前往拜訪。」
「咦，呃，這……」
愛理沙露出有點困惑的表情。
對方遠比自己年長。
而且還是良善寺一族——一個組織的領導者，對自己表現出謙恭的態度，會有這種反應很正常。
從長幼資歷來看，該謙虛的是愛理沙而非眼前的老人。
（……該怎麼回答才是正確答案？）
由一般人的價值觀來看，愛理沙是「下座」，自然該顯現謙讓的一面。

可是……這種場合適用一般的價值觀嗎？

（我……是由弦同學的未婚妻。呃……高瀨川的地位似乎……比良善寺高……如果我表現得太卑微，由弦同學的立場搞不好會……）

這樣的擔憂與不安，瞬間閃過腦海。

然而，總不能一直不回答。

「好的。新年……我和家父也會前往高瀨川家拜訪，屆時希望有機會見個面。」

愛理沙清楚地回答。「嗯。」清輕輕點了點頭。

「……行，我會期待的。」

他的聲音中似乎帶著一絲愉悅。

由弦皺起眉頭。

「良善寺先生……請您不要讓別人的未婚妻感到困擾。」

「會長……一把年紀的人對年輕女性做這種惡作劇，有點幼稚喔。」

聖也嚴厲譴責他。

清刻意摸了摸鬍子。

「我聽不懂你們在說什麼……」

他故作無知地歪過頭。

到了這個地步，愛理沙也發現了——

他在測試自己。

對話都結束了，愛理沙才緊張得心跳加速。

「哎呀，真不好意思。時機不巧，我兒子和另一個孫子外出了。不過……新年能見到面就不成問題。」

清像要打馬虎眼似的這麼說，直盯著由弦。

「話說回來……時間過得真快呀。慶祝和彌先生和彩由小姐結婚就跟昨天的事一樣，結果那兩人的小孩已經有未婚妻……數年後要成家了。我也老了呢。」

他的語氣聽起來有些懷念。

兩眼卻依然炯炯有神。

「這數十年來，變化真的很快，各式各樣的東西一轉眼就變了。良善寺也好、高瀨川也罷。打個比方吧，像是高瀨川和上西的繼承人就讀同一所學校，以前可是萬萬想不到。」

他感慨良多，彷彿在緬懷過去。

彷彿在為時間的流逝感到驚嘆及寂寞。

「可是，也有不變的存在……好比說友情。錢在情分在、沒錢沒朋友。正因如此，金錢無法動搖的穩固友情才有價值。你不這麼覺得嗎？」

巧的是，和彌也跟由弦說過同樣的話。

然而，這點並不值得驚訝。

因為這八成只是由弦的曾祖父曾講過這句話，再由高瀨川和良善寺雙方傳承下來罷了。

「是的……家父也跟我說過，我對此深有同感。今後，我個人也想以好友的身分和聖——和聖同學好好相處。」

聽見由弦的回答，清滿意地點頭。

「哦，和彌先生也這樣說過嗎？那真是太好了。若你願意一直跟我的孫子他們當朋友，將來不管高瀨川和良善寺的關係發生什麼樣的變化，我這把老骨頭都能放心嘍。」

希望他跟之前一樣，和聖他們維持對等的好友關係。

由弦用力點頭，答應清的要求。

接著，他沉思片刻，帶著柔和的笑容，以平靜的語氣說道：

「那當然。良善寺是高瀨川的盟友，即使到了我這代也不會改變。我會好好地繼承曾祖父的意志。」

「高瀨川」和「良善寺」的上下關係，未來也不會改變。

他明白地這麼回答。

由於在人家家待太久，可能會給良善寺家添麻煩，由弦和愛理沙決定該離開了。

聖搔著頭走下石階。

「那個，總覺得不太好意思……我以為爺爺肯定不在家。」

聖真的是想邀請由弦和愛理沙到家裡作客，請他們喝茶。
良善寺清的出現純屬意外。
「有年輕女性來家裡，好像讓他太興奮了……抱歉，愛理沙同學。」
聖向愛理沙道歉。
愛理沙苦笑著說：
「沒關係……該怎麼說呢，你也真辛苦。」
她不知道由弦和清最後的那段對話有何意義。
不過很明顯，其中有著言外之意。
「哎唷，沒必要想得那麼複雜……又沒有記錄下來。」
由弦聳聳肩膀。
「唉……我實在不想玩那種無聊的鬥智遊戲……特別是跟朋友。」
聖歪過頭。
由弦微微一笑。
「確實。我想跟你當普通的好朋友。」
可是目前還不能確定聖是否為繼承人。
清刻意說出「孫子他們」，就是這個意思。
由弦個人覺得，聖的叔叔或堂哥比較好應付……不會受到私情影響。

聊著聊著，三人下了山。

「送到這就好。」

「今天謝謝你的招待。」

「嗯，拜啦。」

兩人與聖道別。

太陽即將下山，天空染成一片暮色。

「……那個，由弦同學。」

「怎麼了？」

「我的應答……沒問題嗎？」

由弦想了一下才回答：

「嗯——可以啦……實際上，他應該只是想試探妳的個性、妳對高瀨川和良善寺的關係瞭解到什麼地步、有什麼樣的認知。」

清是故意提出害愛理沙感到為難的問題。

所以他不會因為愛理沙的回答而感到不悅。再說，就算他因此感到不悅，也不會把這件事跟高瀨川家和良善寺家的關係扯在一起，更遑論天城家。

只不過……

「站在高瀨川的角度來看，妳沒說要主動去跟人家問候之類的話還不錯。對方知道妳認為高瀨川的地位優於良善寺，這樣就夠了。」

雙方的地位孰高孰低，必須分個清楚。

例如……被某個民意代表的兒子瞧不起——這種事絕對不能發生。

「……表現得更高高在上一點會比較好嗎？」

「不……那也有點不妥。」

說會主動拜訪不好。

說要等對方來又太過自傲。

因此，「我也會去高瀨川先生那邊打個招呼，若能順便見面就太好了——」這種程度的回答恰到好處。

愛理沙去高瀨川家打招呼並不奇怪。

「唔、唔……好複雜。」

愛理沙不安地咕噥道，看起來沒什麼自信。

假如將來也是每次跟大人物見面都要進行這樣的對話，她可能會失去自信。

與學校的考試不同，沒有正確答案，而且還是臨時抽考。

「愛理沙，我先告訴妳……很少人會講那麼難回應的話。」

「……是嗎？」

「因為有些人討厭那種麻煩又浪費時間的對話嘛。」

到頭來還是因人而異。

視地區及家風而有所不同。

「再說，那位老爺爺是最難搞的類型。」

如果那種人有好幾個，想到就覺得憂鬱。

歸根究柢，那樣的對話是以對方能明確理解自己的意圖為前提。

要是人家反應不過來，就本末倒置了。

「那麼……意思是我最好別太放在心上嗎？呃，可是……」

「有我在妳身邊，妳只要抬頭挺胸就行。」

由弦握緊不安的愛理沙的手。

愛理沙的臉頰染上淡粉色，點了點頭。

「由弦同學……」

她也用力回握由弦的手。

然後默默靠近由弦，將身體緊貼過去，抱住他的手臂。

不曉得是有意為之，還是無意之舉……

愛理沙柔軟的胸部，壓在由弦的手臂上。

由弦的血液流速加快了一些。

「……我喜歡你。」

愛理沙呢喃道。

然後抬頭看著由弦，輕笑出聲。

「我也……嗯，我也喜歡妳。」

由弦用細若蚊鳴的聲音回答，愛理沙不悅地噘起嘴巴。

「不能再大聲一點嗎？」

「呃、呃……愛又不是看音量，對不對？」

由弦害羞地回答。

※

距離由弦和愛理沙的賞花約會後不久。

「啊哈哈哈哈哈！」

擁有一頭黑髮和琥珀色眼睛的少女捧腹大笑。

「高瀨川還是一樣愛搞這些麻煩事。」

少女——橘亞夜香笑了一陣子，愉快地說道。

坐在亞夜香對面的亞麻色頭髮少女——雪城愛理沙則面帶苦笑。

「果然很奇怪嗎？是高瀨川和良善寺的特例？」

坐在亞夜香旁邊的棕髮少女——上西千春回答：

「我家也會這樣唷？」

「我家可不會。」

坐在愛理沙旁邊的黑髮少女——凪梨天香也回答道。

四人正在學校附近的咖啡廳聊天。

也就是所謂的女子會。

愛理沙提到了跟由弦賞花時，在良善寺家發生的事件。

「我也覺得很麻煩……可是，也有方便的部分喔。妳們想想嘛……畢竟又不能直接問對方『你對我有什麼看法？』呀。」

身為在場的少數派，千春解釋了進行這種對話——委婉詢問對方的真正想法——的理由。

拿在良善寺家的對話舉例就是……良善寺清不能直接問愛理沙：「妳對良善寺跟高瀨川的上下關係有什麼看法？」

這樣問實在太過直接、有失禮節……更重要的是不「優雅」。

因此他才會用乍聽之下不像問題的問法提問，視愛理沙的反應來判斷。

「再怎麼委婉，真正的用意傳達給對方的瞬間就都一樣了吧。難以啟齒的話一開始就不該問，不惜這麼做也要問的話，就該直接問人家。」

說完，亞夜香輕笑了一聲。

千春則苦笑著聳肩。

「哎呀……聽著真刺耳。不愧是橘家的人……心胸寬大。」

家裡的金庫那麼大（有錢），自然也會有寬大的心胸呢（意譯：少因為比上西有錢就這麼囂張）。

蘊含這樣的諷刺意味。

「妳這樣誇我，我會害羞的。」

明知對方的意思，亞夜香依然面不改色地回答。

千春也笑咪咪的。

「柑橘的皮好像比其他水果還要厚呢。」

她吃著以橘子做的蛋糕說道。

這句話是在諷刺橘——橘是一種柑橘類水果——臉皮很厚。

「聽說是為了抵禦害蟲……比不過西瓜就是了。」

亞夜香的意思是，臉皮再厚都比不過上西——同樣有「西」這個字。

「柑橘的氣味好像也會用來驅趕害蟲，有些人會覺得不舒服。」

橘家這種不包裝本意的講話方式，有時會令人不快。

千春說完，輕輕哼了聲。

「哦……小千春喜歡吃柑橘嗎？」
亞夜香問道。
千春叉起蛋糕上的橘子，送入口中後回答：
「喜歡到想把它吃掉的地步。」
「我也……很喜歡西瓜。」
「亞夜香同學……」
「小千春……」
兩人互相凝視。
此時，響亮的拍手聲響起。
「好好好，該停了。」
是天香。
亞夜香和千春聳了聳肩膀。
「……亞夜香同學不也會這樣講話嗎？」
妳的實際行為跟剛才說的話自相矛盾了吧。
愛理沙彷彿想這樣說。
「平常不會這樣說話，跟沒辦法這樣說話是兩回事。」
亞夜香晃著手指，咂了咂舌。

簡單地說就是不會主動去做，但有人這樣跟自己說話時會回敬對方。

「哎……日文會視時間及場合改變敬語、敬稱、第一人稱……這也算是一種衍生形式吧。」

與家人或朋友說話，和跟前輩或老師說話的用字遣詞會有所差異。

基本上跟這種狀況是一樣的。

「說到第一人稱……男生還真辛苦呢。我們……基本上用『我（watashi）』就行了。不過男生還有分很多種耶。」

男性大多會用「我（ore）」（註：「ore」屬於較粗獷豪邁的自稱，通常對平輩或晚輩使用）」……不過在公眾場合，則普遍使用「我（watashi）」或「我（watakushi）」（註：「watashi」、「watakushi」為中性的自稱）。

「由弦同學偶爾會用『我（boku）』呢。」

愛理沙想到了由弦。

他跟愛理沙的養父、義兄，或是良善寺家的老當家說話時，會用「我（boku）」（註：「boku」為比較謙遜的自稱）」。

由弦心中似乎有一條規則，形式上要對地位比自己高的人用我（boku）。

「高瀨川同學用『我（boku）』呀……嗯，可以想像。」

天香點點頭。

由弦外表看來很有教養，用「我(boku)」也不會不自然。
「由弦弦算是會區分使用場合的典型案例吧……三種用法分得很細。」
「就這方面來說，我們也一樣。不過……他們家對這種上下關係特別要求。」
是這樣嗎？愛理沙感到疑惑。
之前借住在由弦家的時候，並沒有那種感覺。
可是當時由弦的祖父母都不在，而且她也沒住多久。
亞夜香和千春是由弦的青梅竹馬，知道她不知道的事也不奇怪。
「話說回來……小愛理沙……妳跟由弦弦成功親到了嗎？」
「唔咦咦！」
亞夜香突如其來的問題，令愛理沙羞紅了臉。
她差點把嘴裡的咖啡噴出來。
「親？什麼東西？」
「願聞其詳。」
千春和天香興味盎然地探出身子。
亞夜香不知為何得意起來，說明了愛理沙找她商量的戀愛煩惱——還加油添醋一番。
「所以……親到了嗎？」
「親到了嗎？」

「怎麼樣？」

被三人逼問的愛理沙縮起身體，紅著臉用微弱的聲音回答。

「那、那個……有、有親臉頰……」

她邊說邊撫摸自己的臉頰。

神奇的是，僅僅是回想，當時的觸感及陶醉的心情就重新浮現。

「……嘴巴呢？」

「沒、沒有……因、因為，當時在室外耶！」

「好遜。」

「真遜。」

反正在外面親臉頰的情侶，同樣會被其他人認為是笨蛋情侶。

既然如此，何不直接親嘴……

亞夜香、千春、天香傻眼地說。

「下、下次會成功的！……我也明白，一直維持現狀不太好。」

愛理沙並不打算一拖再拖。

現在先不論，再這樣下去，由弦遲早會覺得她是「難搞的女人」……愛理沙是這樣想的。

「……我倒認為用不著著急。」

但這樣想的只有愛理沙一個人。
亞夜香自不用說，千春和天香……都覺得是愛理沙想太多了。
只因為不好意思接吻這點小事，就擔心對方覺得自己是「難搞的女人」，這才叫「難搞的女人」吧……她們沒有明說就是了。
「我不是在著急。我知道由弦同學極度喜歡我，長得比我漂亮的女生也不多……」
妳怎麼有臉自己講這種話……
亞夜香等人在內心吐槽。
「不過，正因為如此……我才希望由弦同學一直喜歡我，比現在更喜歡……」
「愛理沙同學，有時候不給釣到的魚飼料，也是很重要的。」
千春打斷了愛理沙說話。
愛理沙歪過頭。
「那是……什麼意思？」
「聽好嘍？雄性擁有想跟各種雌性留下後代的本能。」
千春信心十足地說。
她最後在心中補上一句「我不確定啦」。但這是心聲，愛理沙聽不見。
「所以基本上跟一名雌性完事後，就會被下一個雌性吸引。」
「我覺得不同物種和不同個體間有差異……把這個論點套用在所有的人類男性上，似乎不太好……」

「就是會！」

「好、好的。」

愛理沙受到千春的氣勢壓制，反射性地點頭。

「因此，妳如果希望由弦同學一直喜歡妳……最好營造出還沒有把整個人交給他的感覺。這樣他應該會燃起類似『我要把這女人的身心都變成我的東西』的慾望。」

我不確定啦。

千春在內心補充，同時挺起胸膛說道。

「的確，不讓人滿足也很重要呢。」

「想要馬不斷奔跑，就不能隨便給牠紅蘿蔔嘛。」

亞夜香和天香紛紛附和千春。

當然，三人都不是真心相信「千春理論」。

只是判斷讓愛理沙覺得「不隨便給人親也是一種戰略」，對她的心理健康比較好。

「是、是嗎？……原、原來如此。這樣一想……有道理。」

戀愛是一種頭腦戰。

愛理沙想起不曉得在哪聽過的這句話。

「那麼……今後我該如何跟由弦同學相處呢？」

「要看之後的約會計畫而定……你們有什麼安排嗎？」

「目前還沒有……啊——之前約好要請他教我游泳。」

儘管尚未談定要訂在哪個時間點，不過愛理沙希望能在學校開始上游泳課前打好基礎。

「那就是泳裝了……不錯呀？如果是以吊人胃口為目的。」

「是、是嗎？」

「拿來當掛在馬頭前的紅蘿蔔正好。」

「紅、紅蘿蔔……」

聽見千春和天香這麼說，愛理沙不禁苦笑。

以「讓由弦重新認知到愛理沙自身的魅力」這個意義來說，確實還不賴。不過……

「目的基本上是學游泳喔？總不能穿比基尼那種可愛的泳衣……要穿的話，會是競技泳衣、學校泳衣那種偏樸素的喔？」

明明要請人教自己游泳，哪能穿看起來根本沒打算認真游的泳衣？

穿那種泳裝，就算是由弦也會傻眼吧。

「哎呀——小愛理沙不懂啦……競技泳衣反而讚。」

「從『我完全沒打算勾引你喔？』這種感覺散發出的魅力，反而更讓人心癢難耐。」

「哦、哦……是這樣……嗎？」

亞夜香和千春說道。愛理沙轉而詢問天香。

天香搔著臉頰回答：

「呃、嗯……聽說有些男生比起可愛的衣服或泳裝，更喜歡體育服、學校泳衣那種衣服。」

「原、原來如此……」

這麼說來，愛理沙的未婚夫（由弦）用那種視線看她的頻率，也是穿體育服比穿便服時更高……好像吧。

「那就這麼決定嘍。去誘惑由弦弦吧。」

「哎呀，真羨慕由弦同學。」

「請、請等一下！」

愛理沙連忙制止亞夜香和千春。

「誘、誘惑……在學游泳的期間做那種事，太、太奇怪了。」

這傢伙搞什麼？她有認真要學嗎？

由弦可能會這樣想。

「妳什麼都不用做……由弦弦要親自一步步教妳游泳，不是嗎？」

「不管是故意還是巧合，在那個過程中，總會碰到各種地方吧。」

「什、什麼……！」

從來沒想過這種事的愛理沙臉紅了。

亞夜香和千春大概是覺得這個反應很有趣，奸笑著說：
「啊——他說不定會故意碰你喔——」
「我看要做個想像訓練吧？」
「這、這種事！由、由弦同學怎麼可能……」
愛理沙似乎不小心想像了那個情境，忸怩不已。
覺得愛理沙很好玩的亞夜香及千春，變本加厲地調侃她。
天香則無奈地說：
「別再逗她了……放心吧，高瀨川同學不是會做那種事的人。」
「對、對……吧？」
「他是個想摸就會紳士地請對方讓他摸的人。」
「那、那樣我也會很困擾……」
愛理沙這麼說著，縮得愈來愈小了。

第二章　與婚約對象去水上樂園約會

某個星期天。

「有點遲到了……」

由弦快步走向與愛理沙約好的車站。

今天要跟愛理沙約會。

當然，他們有著事先學會游泳，以應付游泳課的重要目的，絕對不是去玩的。

（愛理沙竟然會主動約我，真稀奇。）

雖說他們本來就約好了，但提議約在下個星期天的人，是愛理沙。

她平常很少表達自己的意見，實屬難得。

可見她有多麼認真……想學會游泳的意志有多麼強烈。

（我也得認真教她才行。）

雖然一開始就遲到了……

他如此心想，終於抵達車站。

望向約定的地點，只見一名亞麻色頭髮的少女站在那裡。

那頭淡棕色的頭髮是染髮染不出來的顏色，又是在日本鮮少看見的髮色，所以一眼就認得出來。

她頻頻望向手機——想必是在看時間——看似心神不寧。

（……她該不會是在生氣吧？）

由弦緩緩走去，提心吊膽地呼喚她。

「……愛理沙。」

「啊，是的，由弦同學！」

愛理沙轉過頭。

未婚妻一如往常，打扮得很可愛……看起來卻跟平常不太一樣。

她的目光游移，表情有點緊張。

「抱歉，遲到了一下。」

「不、不會……沒關係……才五分鐘，算不上遲到。」

「能聽妳這樣說真是太好了。」

她好像沒生氣。

然而確實跟平常不一樣。

「愛理沙……妳怎麼了嗎？」

「咦？那個……我有哪裡不對勁嗎？」

「沒有，只是感覺比平常焦躁。」
「會、會嗎……？」
「妳該不會忘了帶泳衣吧？」
剛剛才發現忘記帶泳衣。
這次的約會是自己提議的，都這時候了還要請對方等她回家拿泳衣，實在有點難以啟齒……
八成是這種感覺。由弦隨意地猜了猜。
畢竟愛理沙有點少根筋，這也不是不可能。
「泳、泳衣……？」
「難道是真的……？」
「不、不是的，怎麼可能？泳衣……我有帶在身上。這不是應該的嗎……」
她邊說邊望向手中的包包。
看來她有記得帶。
「妳身體不舒服？」
「沒、沒有……只、只是有點緊張。」
「原來如此。」
不過是在練習游泳前緊張了起來而已。應該是有點太有幹勁，認真過頭了。

很符合愛理沙的個性。
「只要泡進水裡，很快就會放鬆了……你放心。」
「這樣啊。不過……有事儘管跟我說，再小的事都行。」
精神與肉體的狀態不容輕視。
因為任何一點不適，都可能導致溺水。
「那麼走吧。」
「好、好的！」
由弦牽著愛理沙的手，邁步而出。
……他沒發現未婚妻的臉有點紅。

兩人來到公營的溫水水上樂園。
冬天平常會提供給游泳社使用，或是開設游泳課。
而假日則會開放給一般市民使用……所以由弦和愛理沙也能在這邊游泳。
「哦……比想像中還大。」
早一步換好泳裝的由弦，環視室內泳池，喃喃自語。
有兒童用的淺水池，以及底比較深、供大人使用的五十公尺泳池。
人很少，頂多只有在水中漫步的老人。

拿來練習似乎不成問題。

（……泳衣穿這件就行了吧？）

由弦帶的泳衣是買來上游泳課的……也就是男性穿的學校泳衣——運動泳褲。

起初他也想過要穿休閒點的。不過愛理沙感覺幹勁十足，由弦便乖乖穿了運動用的來。

（愛理沙的泳裝啊……）

在大約一年前的夏天所目擊到，愛理沙誘人的軀體閃過腦海。

由弦還記得當時她穿著黑色比基尼，將雪白的肌膚襯托得更加美麗。

假如她穿了那種泳裝來，由弦不知道自己能否控制住作為男性象徵的那個部位。

這次他穿的又是運動泳褲，應該遮不住……絕對會很顯眼。

但愛理沙比由弦更會看場合，怎樣都不可能穿比基尼來吧？

（平常心……平常心，今天不是來玩的。）

「久等了……由弦同學。」

背後傳來聲音。

由弦的心臟用力跳了一下。

回頭一看，只見換上泳裝的愛理沙站在那裡。

「……不會，我剛換好泳裝而已。」

他一邊回答，一邊仔細觀察愛理沙的泳衣。

這次她穿的不是比基尼，而是競技泳衣。
黑色布料上繡有紅線，造型十分樸素，是常見的競技泳衣。
穿去上游泳課也一點都不奇怪……不，搞不好本來就是預計穿去學校的泳衣。
（總之，幸好不是比基尼。）
由弦稍微放心了。
競技泳衣緊貼著愛理沙的肌膚，勾勒出她曼妙的身材。
胸部因為被布料壓住，看起來平坦了些；相對地，纖細的腰部變得格外引人注目。
下半身是開高衩的設計，大膽地露出美麗的長腿。
（……咦？競技泳衣該不會比比基尼更危險吧？）
以暴露度而言，當然不如比基尼。
然而，若要說競技泳衣比比基尼更不會刺激煩惱，倒也未必。
（嗯、嗯，這就是所謂的美女穿什麼都適合吧……）
由弦在內心流下冷汗。
「你一直盯著我看……我會很困擾的。」
愛理沙不知所措地說。
她害羞地用一隻手抱住自己的身體，闔上雙腿互相摩擦，看起來不太自在。
……卻沒有遮住身體。

「喔、喔，抱歉。」

由弦在道歉過後，連忙移開目光。

競技泳衣與比基尼不同，重視實用性，不注重時尚感。

愛理沙應該也是想認真學游泳才穿這件泳衣來，而非穿來給由弦看的。

正因為如此，雖說只有那麼一點，自己在她身上嗅到性感的味道……令由弦覺得十分尷尬。

「我、我們走吧。」

由弦走向泳池……

「在、在那之前……是不是還有事要做？」

「說、說得也是。要做暖身操……」

「比、比暖身操要更先做的。」

愛理沙緩緩靠近由弦。

由弦的視線自然落在胸前的山峰上。他急忙往下看，卻不小心看見有點刺激的部位。

他放棄掙扎，正視愛理沙的臉。

愛理沙的表情……看起來有點像在生氣、鬧彆扭。

「請、請問您有何貴幹……愛理沙小姐？」

「你是不是……有話要說？」

「……有話要說？」

「以前的你……曾對我說過。」

以前的我？

由弦在心中歪過頭。他毫無頭緒。

「呃……」

「女、女生……你喜歡的女生，喜歡你的女生、未婚妻，換上泳裝嘍？……你應該有話要說吧？」

話講得這麼明白，就算是由弦也意會到了。

他點了點頭，回答：

「很適合妳。」

「就這樣嗎……？」

然而由弦的答案對未婚妻小姐而言，並不足夠。

「很、很有魅力……」

「具、具體而言……是哪裡適合？怎麼個適合法？」

具體而言。

由弦啞口無言。

他當然有辦法給出具體的答案。

可是不同於之前的比基尼，既然是競技泳衣，要稱讚泳衣本身的美感實在有點難度……答案必然會以愛理沙的身體被泳衣襯托得多有魅力為主，不太好開口。

「該不會……很奇怪？」

「怎麼會！」

由弦激動地否認，做好覺悟。

「妳的身體……那個，該說是身體線條嗎……凹凸有致的部分受到凸顯……看起來非常有魅力。」

「……還有呢？」

愛理沙紅著臉，催促由弦繼續說。

「腿很漂亮。當然，妳的腿原本就很美……不過現在看起來比平常更長、更加纖細。」

「這、這樣呀。」

「……還要繼續說嗎？」

「不、不用了。我感受到了。」

愛理沙移開視線，若無其事地回道。

臉頰卻有點紅。

「……走吧。」

她丟下這句話，快步上前。

由弦急忙跟在她後面……卻當場愣住。
（……後面更讓人不知道該看哪裡。）
從正面看時還沒發現，這件泳衣大膽地露出背部。
白皙而美麗的背部映入眼簾。
他的視線稍微下移，看見明顯的臀部線條。
「由弦同學。」
此時，愛理沙突然回頭。
兩人四目相交。
「怎、怎麼了？」
「今天……不是來玩的。請你認真點喔？」
被叮嚀了。
由弦用力點頭。

簡單做過暖身操後，由弦和愛理沙進入泳池。
「萬一我溺水……你要救我喔。」
「這還用說……好了，我想先掌握妳的程度，可不可以隨意游一下給我看？」
「……我根本不會游泳喔？」

「盡量就好。」
「……會溺水的。」
「……踩得到底耶？」
「就算只有三十公分，人類也會溺水。」
的確不是完全沒有危險。
然而，非得實際看過才能夠判斷。
「我絕對會救妳的。」
「……那要是我十秒後還沒起來，請你救我。」
說完，愛理沙便深吸一口氣，沉入水中。
接著開始擺動四肢。
「……」
那副模樣儼然是一隻掉進湖裡的蟲子。
幸好不是溺水。
過了十秒，愛理沙站了起來。
她像在控訴似的盯著由弦說：
「浮不起來。」
看來得先從讓她浮在水面教起。

事態十分嚴重。
「四肢不動，只浮在水面上……妳做得到嗎？」
「……浮不起來。」
「要是妳溺水，我會救妳的。」
「一定要喔。」
愛理沙用力踢了踢泳池的地面。
然後伸直四肢及背部……
無聲地沉入水中。
過沒多久，她重新站起身。
不知為何顯得悶悶不樂。
由弦不禁苦笑。
她似乎有著遇到不會做的事會不高興的習慣。
是因為不服輸的個性吧。
對由弦而言，這是個新發現。
「嗯，我知道原因喔。」
「……真的嗎？」
愛理沙一臉狐疑。

她似乎不太相信。

「你該不會要說我的身體太用力吧？……身體的質量及體積又不會因為用力就產生變化。」

看來之前也有人這樣教過她。

不過結果很明顯，一點用都沒有。

「我會努力仰仗理論和實際操作來教妳的，而不是憑感覺。」

愛理沙露出疑惑的表情，輕輕點頭。

她之所以不會游泳，是因為漂浮的技術太差——也就是在水中的姿勢不良。

與水面平行，將頭部稍微下壓，背部是最高的部位，以這樣的姿勢漂浮照理說最為理想……

可是愛理沙的腿會沉下去，導致身體歪斜。

因此，由弦先從漂浮的方式開始糾正。

首先是抱膝漂浮。

接著是水母漂……最後是在四肢伸直的狀態下漂浮。

「好厲害，愛理沙，妳好厲害！竟然在這麼短的時間內練到這個程度！」

「……你是不是誇得太過頭了？我還只會漂浮而已。」

愛理沙成功學會以漂亮的姿勢浮在水面。
僅此而已，由弦卻把她誇成這樣，愛理沙的嘴唇癟成了「ㄟ」字形。
她覺得他在取笑自己。
「哪有……會游泳的人之中，也有不擅長漂浮的人喔。基礎很重要。我萬萬沒想到妳學得這麼快。」
愛理沙的表情放鬆了些。
「是、是嗎？」
她高興地靦腆一笑。
好可愛……由弦發自內心這麼覺得。
愛理沙可愛是事實。然而他誇得太過頭也是事實。
由弦本來就決定不管愛理沙學得好不好，都要拚命誇她。
因為他認為，漂浮固然重要，但降低她對水的恐懼才是最重要的。
……同時也是因為他不想看見愛理沙沮喪的樣子。
也就是在寵她。
「……接下來要怎麼做？」
「我想想……那麼，我會在妳漂浮之際拉著妳的手，妳練習打水看看。」
兩人開始練習正式的游泳方式……的基礎。

練習打水。
「……如何？」
「嗯……」
愛理沙連「漂浮」都有根本上的毛病，「打水」也一樣有著不容忽視的問題。
她的膝蓋彎曲得太嚴重了。
還拚命拍打水面。
愛理沙游泳時看起來會像「掉進湖裡的蟲子」，原因就在於此。
由弦將這點告訴她。愛理沙歪過頭。
「有辦法不彎曲膝蓋嗎？」
「唔……妳先抓著東西試試看吧。」
由弦讓愛理沙抓住泳池的壁面。
接著抓住她的雙腿，用手擺動，教導她打水的姿勢和雙腿要如何動作。
「不是動膝蓋，要從髖關節開始用力。整隻腳一起動，用腳背踢水的感覺。」
「原、原來如此！」
只是稍微糾正一下，愛理沙的姿勢便愈來愈標準。
與其說由弦教得好……單純是因為愛理沙運動神經優秀吧。
游泳課進行得很順利。

若要說有什麼問題……

（該、該怎麼說呢，真的不知道眼睛該往哪擺……）

由弦面前是愛理沙修長的雙腿。

不僅如此，分不清是大腿還是臀部的部分也映入眼簾。

看到心上人的這些部位，教人不心跳加速未免太強人所難。

「差、差不多該練習靠打水游泳了。」

「好的。」

由弦抓住愛理沙的手，拉著她。

愛理沙則打水向前游動。

起初搖搖晃晃的身體逐漸穩定下來……由弦的協助也變成「用手扶著而已」。

「接下來，我會在途中放手喔。」

他事先告知，扶著愛理沙讓她打水，接著放開了手。

然後……

「啊噗！」

「愛理沙！」

愛理沙瞬間沉入水中。

由弦立刻過去抓住她的手，將她拉起來。

「由、由弦同學！」
愛理沙也拚命抓住由弦的身體。
她好不容易在由弦的攙扶下站起來。
「現在練習這個是不是稍微快了點？」
「好像是……雖然我覺得自己抓到訣竅了。」
由弦的手一放開，她似乎就感到不安了。
身體因為驚慌失措而太過用力，姿勢走樣，沉入水中……隨即陷入恐慌狀態。
「下次……可以請你待在離我近一點的地方嗎？」
「喔、喔……嗯。」
「……由弦同學？」
由弦的未婚妻歪過頭，彷彿在問：「你怎麼結結巴巴的？」
這個動作相當可愛。
平時由弦能夠鎮定地給予這個評價。然而在近到鼻子都快要碰在一起的距離下，看到對方做出這個動作，令他頭暈目眩。
同時還被愛理沙抱著，與那凹凸有致的身體貼在一起，更讓他受不了。
「啊，對、對不起……」
愛理沙也終於意識到自己魅力十足的女性象徵壓在由弦身上。

她急忙放開由弦。

接著害羞地躲進水中。

「來、來練習吧。」

「對、對啊！」

數十秒後，愛理沙從水中探出頭說道。由弦也點頭同意。

之後，由弦一直待在愛理沙旁邊協助她。

在她快要沉下去時輕輕從腹部撐起她、在她打水的節奏亂掉時加以矯正，有很多事要做。

然而，這些通通得碰觸愛理沙的身體。

只是這樣的話倒還沒問題。不過當然會有並非有意為之，而是意外導致的身體接觸。

再加上愛理沙不時會失敗，失去平衡而沉入水中。

由弦每次都會伸出援手，愛理沙卻會抱緊由弦，不曉得是出於不安，還是顧不了那麼多。

而成功之際，她會開心得與由弦拉近距離。

也經常碰觸他的身體，跟他鬧著玩。

因此，由弦一直緊張兮兮的，任由她擺布。

（今、今天真的……很難熬。）

他感覺到自己的心臟撲通狂跳，不由得在內心嘆氣。
今天有種一直被愛理沙玩弄於掌心的感覺。
當然，她應該只是認真地想學游泳，沒有要跟由弦玩在一起曬恩愛，或是試圖誘惑他的意思，更不是刻意而為之。
用有色眼光看待認真向學的人不太好……
然而他愈是這麼想，就愈會去注意，將愛理沙看得特別有魅力。
惡性循環。
……雖然從能重新發現未婚妻魅力的這點來看，或許是良性循環。
（愛理沙如果對我生氣就好了……）
只有一次，由弦的手指不小心擦過愛理沙的私密部位。
由弦心想「這個再怎麼說都會被罵吧！」一擔心地觀察愛理沙的臉色……
但愛理沙只是看著由弦微笑，模樣顯得有點害臊。
就像這樣，即使多少有些肢體碰觸，愛理沙也只會表現出沒放在心上的態度，貼心地假裝沒發現，或是嬌羞地靦腆一笑。
可能是因為她知道由弦並非故意做出那樣的舉動，抑或是把不可抗力的接觸視為理所當然吧……
由弦卻感到坐立不安。

這樣的時間持續了約一個半小時……

「差不多……該休息了吧？」

「對、對啊。」

由弦同意愛理沙的建議，決定先上去一趟。

「嘿咻……」

他的視線自然而然地追隨著爬出水面的愛理沙的臀部……

呃，這樣不好吧。由弦踩了煞車。

「……你不上來嗎？」

「啊——我想游一下再上去。」

「這樣呀。」

愛理沙面不改色地背對由弦。

然後大幅伸展身體，活動肩膀……以自然的動作將手指伸到泳衣底下。

「啊……」

由弦彷彿聽見了「啪」的一聲。

愛理沙將卡住的泳衣拉回原位後，轉頭對由弦說：

「那我去買果汁等你。」

「知、知道了！」

由弦目光游移。

目送愛理沙離開後……

「二、三、五、七……」

他數著質數，讓身心冷靜下來。

※

「今天謝謝你，由弦同學。」

傍晚——

練習完游泳、換回便服後，愛理沙向由弦道謝。

「你……很會教人。光是今天，我就覺得進步了不少。」

「不不不，純粹是妳運動神經好。」

由弦苦笑著回應愛理沙的場面話。

老實說，他一直被愛理沙搞得內心小鹿亂撞，根本沒辦法專心教她。

留在記憶中的，全是愛理沙誘人的姿態及動作。

（尤其是那個，威力太可怕了……）

由弦想起愛理沙調整泳裝的模樣。

一次也就算了。當著他的面——而且還是自然而然地——做了兩、三次，導致他留下深刻的印象。

「由弦同學……？怎麼了嗎？」

「沒、沒事，什麼事都沒有。」

被愛理沙指出自己精神恍惚，由弦急忙搖頭。

總不能回答「我想到妳穿競技泳衣的模樣」吧。他只能蒙混過去。

「這樣呀。」

幸好愛理沙並未繼續追究。

靜下心來後，由弦向愛理沙提議。

「那麼，我們回去吧。」

愛理沙現在穿的並非競技泳衣，而是普通的便服。

由於是春裝，暴露度並不高，大衣也將身體線條完全遮住。

現在的愛理沙一點威脅性都沒……

「……」

這個瞬間，由弦看到了。

看見了。

愛理沙那隱藏在衣服底下的美麗身軀……

他產生了幻覺。

「由弦同學？你真的沒事嗎？」

「嗯、嗯……我沒事，只是有點累。」

愛理沙擔憂地觀察由弦的臉色。

她的頭髮散發次氯酸鈣的味道……導致他再次聯想到奇怪的畫面。

……症狀非常嚴重。

（我搞不好覺醒了奇怪的癖性……）

今天一整天，由弦的大腦有一部分扭曲了。

全是雪城愛理沙這名女性害的。

真希望她負起責任，跟由弦結婚。

兩人邁步而出。

幸好由弦的幻覺在抵達愛理沙家門時痊癒了。

「對了，由弦同學。」

「什麼事？」

「下次要訂在哪一天練習呢？」

由弦的表情立刻僵住。

又開始看見幻覺了。
「下、下次……」
「我個人是不希望隔太久……你覺得呢？」
光是今天一天，愛理沙就進步了不少，卻絕對稱不上會游泳。
還需要練習……由弦必須陪伴她也很正常。
「回、回家後，我會確認時間的。」
由弦下定決心，在下次練習前要想好穩定心神的方法。
「那我走嘍……」
「等一下！」
愛理沙挽留了準備離去的由弦。
她害羞地紅著臉，張開雙臂。
「走之前……請給我一個擁抱。」
「……好。」
由弦緩緩從正面抱住愛理沙。
隔著衣服都能感覺到她柔軟的觸感。
「由弦同學……」
愛理沙在由弦耳邊呢喃。

「我喜歡你。」

「我也……喜歡妳。」

由弦也回應了她。

愛理沙在他耳邊輕笑出聲。

「可是……就算是因為喜歡，也不能那樣喔。」

「……嗯？」

由弦反射性回問……

「一直用色色的眼神看我……我會有點不好意思。」

一陣酥麻感竄過由弦的身體。

回過神時，愛理沙已經放開由弦。

「那麼，由弦同學，下次見。」

愛理沙輕輕揮手，進入屋內。

由弦茫然地杵在原地。

最後只剩下次氯酸鈣的氣味，以及愛理沙的溫度。

「真是的……」

想跟愛理沙結婚，絕對要跟她結婚……不，要她跟我結婚。她休想逃走。

由弦再度下定決心。

※

愛理沙回家的不久後。

「啊啊啊啊！我、我是不是做得太超過了！」

她抱著枕頭，在床上滾來滾去。

滿臉通紅。

途中，愛理沙的表妹（義妹）跑來她房間偷看，笑著丟下一句「妳又來了」才離開。愛理沙甚至緊張到沒發現這件事。

今天，愛理沙是有意誘惑由弦的。

當然不全是刻意之舉。

起初她反而很緊張，沒心思做這種事。

有一次她真的差點溺水，當時不小心抱住他也不是故意的。

然而……除了最初的那一次外，她都是故意假裝差點溺水，一再往由弦身上抱。

愛理沙並非刻意假裝不會游泳，不過為了誘惑由弦，她一直小題大做地抱住他。

「我到底為什麼會……」

為什麼會做那種事？

簡單來說就是得意忘形。至於為什麼會得意忘形？是因為開心。

也可以說是感到愉悅。

今天，由弦比平常更愛盯著她看。

被心上人用那種眼神注視，除了害羞之外，也令人感到高興。

希望他看著自己、希望他注意自己……這樣的心情探出頭來了。

此外，平常大多是由由弦引導愛理沙。

因為由弦較為鎮定。

今天他卻比愛理沙更緊張。

看到他那麼緊張，感覺很新鮮。他會對愛理沙的一舉一動做出反應也很有趣。

「由弦同學一直看著我……真可愛。」

最有趣的是調整泳衣時的反應。

他的視線明顯飄來飄去，掩飾不住內心的動搖。

愛理沙忍不住不停地在由弦面前做給他看……每次都故意觀察他的表情。

「啊……但會不會太明顯了……最好還是克制點吧……」

每次調整泳裝之際都跟由弦對上目光，實在太可疑了。

由弦就算產生「愛理沙該不會是故意做的吧？」的疑惑也不奇怪。

她希望由弦覺得「愛理沙是清純的女性」。

不希望他把自己當成不知羞恥的女人。

「不、不過，由弦同學也……很高興吧？」

他絕對不排斥。

不僅如此，甚至比平常更在意愛理沙，熱情地凝視她。

更重要的是，由弦表現出男性的反應。

面對那種反應，愛理沙也會覺得恐怖、不安、害羞……

同時，知道他強烈地將自己這名女性視為那方面的對象，愛理沙很高興，也為此感到放心。

因為她能實際感受到並非自己一廂情願，由弦也對她抱持好感。

「嗯、嗯，沒問題……吧？因為他那麼喜歡我……」

下次練習時要做什麼事呢？

搞不好可以更大膽一點。
不對，反過來表現得害羞或許也可行。
在愛理沙竊笑著妄想的期間……

嘟嚕嚕嚕嚕！

手機突然震動。
愛理沙連忙接起電話。
「喂、喂。」
『喂，愛理沙嗎？』
是由弦打來的。
愛理沙推測他八成是打來約下次游泳約會的時間。
……但這點小事傳簡訊不就行了？愛理沙感到納悶。
「有什麼事嗎？」
『接下來的黃金週，妳有沒有安排行程？』
「不，沒有。」
快到五月上旬了。

意即國定假日排在一起的連假——黃金週要到了。

「下次的游泳課要排在連假嗎？」

的確，連假的話能夠連去好幾天。

以練習來說正好適合。可是……

『啊——不是，我不是要講那件事。』

「這樣呀……那怎麼了？」

看來是其他邀約。

『前提是……妳方便的話。』

「嗯。」

『要不要去溫泉旅行？』

聽見由弦提出出乎意料的邀約，愛理沙睜大眼睛。

※

稍微將時間倒回一點。

從水上樂園回到家後，由弦想著今天的愛理沙，度過了一段心煩意亂的時間。
就在這時……手機響起。
對方是……高瀨川宗弦，由弦的祖父。
「喂。」
『喂，由弦嗎？』
「是的……怎麼了？」
由弦疑惑著祖父有何貴幹。
『不是多重要的事……之後的黃金週，你打算怎麼度過？』
「怎麼過……我不打算回老家，想跟愛理沙一起過。」
是想念孫子了嗎？
由弦心裡冒出一個問號。
『哦，跟愛理沙小姐呀。那真是太好了。』
「……你又要來出謀劃策了嗎？」
由弦想起大約一年前，祖父拚命試圖撮合他們。
不過考慮到拜他所賜，兩人的關係才能走到這一步，也不是不能稱他為邱比特……
然而，沒有孫子會希望祖父插手管自己談戀愛。
『嗯，算是吧。所以你們有什麼安排？要去哪裡約會嗎？』

「還沒定好明確的行程……」
由弦告訴他，自己打算去博物館、公園、保齡球館等不會花太多錢的地方約會。
結果……
『唉——真沒用。那種地方不用連假也能去吧。有沒有更像樣的選擇？』
被祖父挑毛病了。
由弦也覺得「這好像不是該選在連假去的地點……」因此這句話有點戳中他的痛處。
「比起關心我，你現在不是該多關心彩弓嗎？」
至少由弦有愛理沙這名未婚妻了。
比起已經有結婚對象，與對方關係也算不錯的孫子，去關心一下還沒決定結婚對象的孫女如何？由弦如此表示。
『放心吧，這件事我交給和彌處理。』
「哦……順便問一下，你知道人選有誰嗎？」
『不只一個，最有希望的是佐竹的兒子。』
聽見佐竹的兒子，由弦腦中浮現兒時玩伴佐竹宗一郎的面容。
他變成自己的妹夫……由弦可是敬謝不敏。
然而，「佐竹的兒子」不只一個。
「次男嗎？」

儘管宗一郎身為長男，但他似乎不想成為繼承人……

由弦有聽到一些風聲。

雖然這種事有點罕見，不過知道宗一郎的人際關係的由弦，倒覺得挺合理的。

倘若宗一郎放棄繼承當家之位，按照順序會輪到弟弟繼承。

『或是三男……佐竹本來就沒決定下任繼承人，什麼都還不好說。』

「原來如此。」

佐竹有鼓勵兄弟互相競爭──簡單來說就是爭奪繼承權──的傾向。

所以次男未必是下任繼承人。

『不過她還是國中生，沒那麼快吧……比起擔心別人，你該先擔心自己。』

話題被拉回來了。

話雖如此，既然由弦和愛理沙都沒錢，自然沒有那個能力安排所費不貲的約會行程。

「……如果溫柔的爺爺願意給我零用錢，無論是遊樂園也好、其他地方也罷，哪裡都去得了嘍──」

由弦不抱期望地試著討零用錢。

他很久沒叫自己的祖父「爺爺」了。

『沒辦法。既然可愛的孫子都這麼拜託了……我就破例給點零用錢……』

「喔！」

『我是很想這麼說，可惜彩由小姐叫我不要寵壞你。』
「……多管閒事。」
『哎，無論理由為何，還不都是因為你太浪費。這段期間你就學學怎麼節制吧。』
宗弦在話筒另一端愉悅地笑著。
這個老頭子只是來嘲諷我的嗎？由弦在內心抱怨。
「……那我要掛電話了。」
『慢著慢著。雖然沒辦法給你零用錢……但我可不會對感覺會被未婚妻拋棄的孫子見死不救。』
「……你要幫忙做什麼？」
由弦心想「反正八成沒什麼用。頂多就是給點不知道能否派上用場的昭和時期約會建議吧」，一邊開口詢問。
『我訂了溫泉旅館。』
宗弦的回答卻出乎意料。
「……咦？」
由弦忍不住驚呼。
『地點在老地方……這樣講你就懂了吧？』
「原來如此。」

高瀨川家是那裡的老主顧——也不知道算不算得上，總之那是他們常去的療養地。
由弦也跟家人一起去過好幾次。
『如何？……不想去的話可以取消喔。』
「我是求之不得啦……」
老實說，由弦也覺得一直在自己的房間過夜有點可惜。
難得的黃金週，他想去遊樂園或旅行。
就這方面來說，宗弦的建議可謂天賜良機。
當然，由弦也覺得「自己沒錢，只好靠祖父」有點窩囊……
但溫泉旅行太吸引人了。
「我可以去問問愛理沙嗎？」
『嗯，當然可以。』
不能單憑由弦的意見決定。
可是，他想不到會讓愛理沙不想去溫泉旅行的理由。
由弦向宗弦道謝後，掛斷電話……
就這樣，他邀了愛理沙去溫泉旅行。

第三章　與婚約對象去溫泉旅行　前篇

連假前的某一天……午休時間。

事情發生在亞夜香、千春、天香和愛理沙四人吃便當之際。

「「「溫、溫泉旅行！」」」

亞夜香、千春、天香同時驚呼。

數日前，由弦邀他去三天兩夜的溫泉旅行。

愛理沙點點頭……面露疑惑。

「有必要那麼驚訝嗎？」

兩個高中生單獨去旅行，絕不稀奇。

女性朋友去遊樂園玩，順便在那邊過夜……常聽說這種事。

不過溫泉旅行跟遊樂園比起來，確實比較有大人的味道。

「沒有啦，我驚訝的不是旅行這件事。」

「是由弦同學和愛理沙同學竟然要去旅行呀。」

「你們一口氣跳了好幾個階段呢。」

三人驚訝的並非溫泉旅行。

而是區區接吻就搞得天翻地覆的純情情侶，突然要去溫泉旅行。

「咦……溫泉旅行的難度有那麼高嗎？」

對愛理沙來說，親嘴的難度遠高於此。

如果只是溫泉旅行……只是要過夜，她不覺得有多難。

她也在由弦的房間留宿過。

「嗯——分房睡倒還好……你們是分房睡吧？」

「……不知道耶？我沒有特別詢問。」

愛理沙回答天香的問題。

她意識到三人在擔心什麼，故作誇張地清了清嗓子。

「姑且說明一下……我完全沒有要做那種事的意思。」

她的臉頰微微泛紅。

連親嘴都不敢親了，怎麼可能讓身體交合。

「即使妳沒有那個意思，但人家不一定這樣想呀。」

「妳跟由弦同學說清楚了嗎？」

「……不用說也知道吧？別逗我了。」

愛理沙悶悶不樂地回答亞夜香和千春。

兩人面面相覷，聳了聳肩膀。
「哎呀，異性一起去溫泉旅行……這方面的認知很重要喔？更別說同房了。」
「去溫泉旅行睡同一間房……就算是異性朋友，也很少有男生不期待的喔？」
「……我跟由弦同學不是朋友，是婚約對象。」
「那就更不用說了吧？」
「唔唔……」
聽見亞夜香和千春這麼說，愛理沙有點不安。
莫非自己在無意間對由弦傳達了奇怪的訊息？
「不過，對方是高瀨川同學對吧？他不是會誤會的人，也不是會硬來的人。」
「對、對呀！妳們想太多了吧？」
「對呀。嗯……前提是妳沒有隨便挑釁高瀨川同學，或是明顯在誘惑她……妳不會做那種事，也沒做那種事吧？」
「這還用說。我才沒……」
話講到一半，愛理沙僵住了。
然後表現出驚慌失措的模樣。
「咦……妳做了什麼奇怪的事嗎？這樣情況是不是不太妙……」
天香擔心地問。愛理沙用力搖頭。

「我、我沒有……做奇怪的事喔？只、只是……」
「只是？」
「之前去水上樂園約會時……我好像有一點，就那麼一點……太沒防備。」
「具體而言？」
「妳做了什麼？」
被亞夜香和千春逼問，愛理沙害臊地將自己的所作所為——為了誘惑由弦，故意假裝沒有戒心——具體說明了一遍。
起初興味盎然地聽著的兩人，眉頭慢慢皺在一起，最後露出傻眼的表情。
「小愛理沙……平常那麼內斂，卻會突然變得很大膽呢。」
「不如說從一個極端跑到另一個極端了……」
「就像是不好掌握距離感的人，突然跟你走得很近的感覺？」
「或是要就不說話，要就話講個不停的人。」
亞夜香和千春竊竊私語。
「明明她的髮色走的是陽光路線，頗有派對咖的感覺……」
天香也小聲附和。
至於愛理沙……
「我都聽見了……不好意思呀，只有髮色陽光。」

反正我就是不擅交際！

她鬧起脾氣了。

「是由弦邀妳的，對吧？」

「而且還是約會完的當天晚上？」

「……對呀。」

「那可以確定了。」

「可以確定了。」

「不、不一定吧！再、再說……就、就算原因在於我的行為，也、也未免跳過太多階段了！」

通常來說，會先從接吻開始。

經過數個階段，最後再做那種事。

「況、況且……有必要特地約我去溫泉旅行嗎？例如……只是叫我去他房間也可以……機會要多少有多少。」

畢竟愛理沙一星期會去一次由弦的房間。

也就是說，每週起碼有一次機會。

沒必要安排溫泉旅行這樣的活動……這是愛理沙的論點。

「……蛇會把獵物勒死後再一口吞掉。」

天香突然說。
「這、這跟那有什麼關係！」
「哎呀，說不定……高瀨川同學是想把妳一口吞掉。旅行時妳就逃不掉了。」
「什麼……！」
一口吞掉。
也就是一口將愛理沙吃得一乾二淨，而不是慢慢來。
「啊——有可能。由弦弦是會仔細制定計畫和事先做好準備的類型。」
「也是有仇必報的人。」
「怎、怎麼這樣……不、不過，由弦同學……不是會硬來的人。」
在這方面，愛理沙相信由弦。
所以她才會喜歡上他。
只要愛理沙拒絕，由弦絕對會停手，就算沒有直說，他也會自己察覺。
「是啦，他絕對不會硬來……要做的話得先營造氣氛吧。畢竟旅行途中，機會要多少有多少。」
「搞不好他現在就在模擬要怎麼邀請妳呢。」
亞夜香和千春奸笑著說。愛理沙再度手足無措起來。
「怎、怎麼邀請……具體而言，是什麼樣的感覺？」

「咦？小愛理沙，妳有興趣喔？」
「講那麼多，結果是個悶騷鬼。」
「才、才不是！」
愛理沙用力搖頭。
「我、我只是在想……由弦同學開始做什麼時，代表的是那個意思……那個，純粹是用來防備的……」
聽到她如此辯解，亞夜香和千春想了一下後回答：
「例如……按摩肩膀？」
「然後趁亂摸胸。」
「動作變得愈來愈大膽……」
「別、別再說了！」
愛理沙害羞地摀住耳朵。
明明是她自己要問的。亞夜香和千春聳了聳肩膀。
「除此以外，還有邀妳去泡露天溫泉之類的……像是『我們都訂婚了，很正常吧？』這樣。前提是房間有附露天溫泉。」
「一、一起……泡、泡溫泉？」
「還有夜襲？故作自然地跑來摸妳……」

「夜、夜襲！」

愛理沙的臉直接紅到耳根子。

她頭暈目眩，似乎光是想像都受不了。

「妳們該適可而止了……」

天香嘆了口氣。

然後對神情不安、一臉害羞的愛理沙溫柔訴說，好讓她放心。

「別擔心。高瀨川同學是個紳士的人……這一點妳最清楚吧？」

「是、是的……說得沒錯。由弦同學才不會……」

「對呀，他會直接拜託妳讓他碰。」

「那我也會很傷腦筋……」

真的沒問題嗎？愛理沙感到無比不安。

※

同一時間。

由弦和宗一郎、聖一起吃便當。

「哦～～溫泉旅行……」

「好好喔。」

「對吧？」

這次的連假，他預計跟愛理沙一起去溫泉旅行。

由弦將這件事告訴兩人。

顯得有點自豪。

「順便問一下，旅館……是我們小時候去過的那家嗎？」

「對，就是那裡。」

升上小學前，由弦、亞夜香、宗一郎、千春四人去那邊住過。

他們之前就認識了。不過正式成為感情良好的「青梅竹馬」，是在那之後。

「哦……難道是我曾祖父的姊姊經營的旅館？」

聖詢問由弦。

由弦點了點頭。

「沒錯。」

「原來如此——」

然而，那家旅館並非「良善寺」的。

因為「聖曾祖父的姊姊」在結婚的同時改隨夫姓。

對聖來說，算是遠房親戚經營的旅館吧。
「是說溫泉旅行啊……這姑且算是度蜜月嘍？」
「唔……但我們沒有結婚，只是訂婚而已。」
由弦以模稜兩可的態度，點頭回答宗一郎的問題。
跟度蜜月的宗旨不太一樣。
「硬要說的話，是訂婚一週年紀念旅行吧？」
「嗯……差不多吧？」
由弦點點頭。
不過，「訂婚一週年」前面還要加上「假」這個字。
在由弦和愛理沙心中，真正的婚約是在不久前的白色情人節發生的事。
因此，兩人都沒有把這次的溫泉旅行視為特別的日子。
「對了，你們去溫泉旅行……具體而言要做什麼？」
「就……泡溫泉、吃飯、逛一下觀光景點……悠閒地度過吧？」
儘管覺得宗一郎的問題很奇怪，由弦依然乖乖回答。
說到旅行要做的事，還有別的嗎？
「還是你要問的是具體要去哪些地方觀光？」
「不……只是好奇你會不會跟愛理沙同學做什麼特別的事。」

「……特別的事？」
由弦一頭霧水……
「由弦，你真遲鈍。男人和女人去旅行，就是要做這種事吧。」
聖一隻手做出圓圈，豎起另一隻手的手指插進去。
由弦察覺聖的意思，嘆了口氣。
「怎麼可能……我們連嘴都沒親過。」
「咦？」
「別開玩笑了。」
「……如果要開玩笑，我會開更好笑的玩笑。」
宗一郎和聖面露驚愕。
「我還以為你們肯定該做的事都做過了。」
「恩愛成那樣卻連嘴都沒親過，太純情了吧。」
「閉嘴……尤其是聖。」
不想被連另一半都沒有的人說三道四。
由弦往旁邊瞪了一眼，聖苦笑著聳肩。
「接吻這種事又沒什麼特別的，只是把嘴巴碰在一起而已。快點親下去吧？」
聽見宗一郎這麼說，由弦無言以對。

在戀愛經驗無疑比由弦豐富的宗一郎面前，由弦的頭抬不太起來。

「沒啦……我們只是沒親過嘴巴而已……手背、頭髮都親過啦？」

「……手背？頭髮？」

「……這比親嘴的癖性更特殊吧？」

「會嗎？……好像是耶。」

不巧的是，由弦只親過愛理沙，不曉得怎樣才叫正常。

愛理沙大概也一樣。

可是仔細一想，說到親，通常是親嘴巴或臉頰附近……手背及頭髮搞不好真的有點特殊。

「但親臉的話，愛理沙似乎會害羞。」

「害羞？」

「愛理沙同學？」

「對。」

為什麼到現在還沒親過？

由弦說是因為愛理沙不好意思。

「愛理沙同學會排斥嗎？」

「嗯……好像不至於。她自己也說想親，只是……沒辦法下定決心？的感覺。」

不過由弦並非當事人，不清楚愛理沙真實的想法。
她有可能是真的排斥，只是顧慮到由弦的感受才搬出這個理由。
「你對現狀沒有意見？」
由弦苦笑著點頭，回答宗一郎的問題。
「反正還有時間。我也不想傷害愛理沙……」
他覺得強行推進關係也不會有好結果。
這次只要由弦忍耐就行。
一步一步慢慢來即可。
「……該不會只是在害怕吧？」
由弦同意聖的說法。
「愛理沙有可能會怕……」
「不，我是在說你。」
「……我？」
由弦回問。聖點頭說道：
「沒錯。就我聽來，是你自己在找各種理由故意拖延。」
「可是，愛理沙會害羞。」
「對，只是害羞而已。這麼點小問題，憑你的本事及熱情，一下就能解決吧？假如是害怕也就算了。」

「……她也可能會害怕。」

「這樣的話，若你有辦法繼續慎重行事，倒是穩妥的做法。」

聖乾脆地收回他的主張，聳了聳肩膀。

八成是覺得單身的自己講那麼多也沒說服力。

「我也不會想要立刻跟她接吻。再說，我們才交往幾個月而已。我是不知道一般人的觀念啦……不過這並不奇怪吧？」

交往後過多久才接吻，因人而異。

由弦和愛理沙在一起一個半月了……

他認為在這個階段還沒親過嘴，絕不稀奇。

「是啊。」

宗一郎點頭表示同意。

然而……

「可是拖太久並不好。」

「……只不過是接個吻而已？」

「沒那麼簡單。」

宗一郎搖頭否認這句話。

「接吻是確認彼此的愛，最簡單好懂的手段。」

他的意思是……坐而言不如起而行。

「而且愛會隨著時間冷卻。想維持這段關係，雙方都需要努力。」

「不用你說我也明白。」

由弦有點不悅地回嘴。

宗一郎滿意地點頭。

「明白就好……加油啊。」

由弦雖然在想「這傢伙真是小題大作」……

依舊用力點了點頭。

※

溫泉旅行當天——

由弦來到天城家。

「好久不見，天城先生。」

他對在門口迎接他的天城直樹低頭致意。

由弦拜訪天城家的目的，是要接愛理沙和跟直樹打個招呼。

雖說是未婚夫，但人家都把寶貝女兒交給自己了，親自出面徵求同意才合乎道理。

「嗯，好久不見，由弦。」

直樹以平淡的事務性口吻說道。

愛理沙站在他旁邊，對由弦輕輕點頭。

「機會難得……進來坐一下吧。」

離新幹線的發車時間還很久。

不如說，以會進愛理沙家作客為前提安排行程是對的。

對天城家而言，不招待特地跑來家裡的由弦一杯茶有失禮儀。

由弦也一樣，如果他拿會趕不上電車作為理由拒絕，不僅失禮，還會被當成思慮不周的人。

……他們都理解這條不成文的規定。

「那我就收下您的好意，打擾了。」

由弦脫下鞋子，進入屋內。

上次來愛理沙家，是她感冒的時候。

「由弦同學……請坐。」

「嗯，謝謝。」

由弦被愛理沙帶領到客廳。

然後依她所言坐到沙發上。

「噢……對了。請收下。這是家父的一點心意。」

由弦將嚴格來說是用父親匯給他的錢買來的點心遞給直樹。

直樹接過它，仍舊面無表情。

「謝謝你，由弦。」

語氣顯得有些冷淡。

同一時間，愛理沙的養母——天城繪美走進客廳。

手上端著托盤和三杯紅茶。

「這還真是……好久不見。」

「……是的，好久不見。感謝您一直以來對愛理沙的照顧。」

繪美說著場面話，將紅茶放到桌上。

「謝謝。」

「不會……請慢用。」

她微微低頭，離開客廳。

由弦看著她離開，拿起紅茶。

喝得出用的茶葉不錯。

三人先是聊了幾句……

接著傳來響亮的敲門聲。

「我是天城芽衣。想跟客人打聲招呼，請問方便進去嗎？」

是可愛的少女聲音。

直樹看了由弦一眼，由弦用力點頭。

「進來吧。」

「是。打擾了！」

喀嚓！房門一口氣打開。

從門後出現的是外表十二三歲左右的少女。

那名少女帶著親切的笑容，彬彬有禮地鞠躬。

「初次見面，我叫天城芽衣……一直以來承蒙高瀨川學姊──彩弓小姐的照顧。」

天城芽衣。

愛理沙的表妹，今年國一。

由弦的妹妹高瀨川彩弓的學妹。

「妳就是芽衣小姐嗎……不如說舍妹才是承蒙關照了。」

由弦伸出手。芽衣笑著握住由弦的手。

「……舍妹在學校過得如何呢？」

機會難得，由弦便直接跟妹妹的學妹打聽她的校園生活。

大概是早料到他會這麼問，芽衣沒有多加思考就回答了。
「不只是我，大家都很仰慕學姊。她真的是很可靠的前輩。」
「哦……那就好。我還在擔心她會不會對後輩擺架子呢。」
由弦半是調侃地這麼說。芽衣的表情僵住了一瞬間。
她想了一下後回答：
「……沒有啦。」
看來由弦的推測雖不中亦不遠矣。
考慮到彩弓的個性及芽衣的身分，想必免不了被當成手下吧。
「如果她做得太過分，可以跟我說。」
由弦貼心地對未婚妻的妹妹說……
「請不用擔心……我想成為像高瀨川學姊那樣的人。她是我的目標。」
芽衣卻揚起嘴角。
她似乎想在彩弓畢業後，坐上下任女王的寶座。
「不愧是妹妹，踏實可靠的這點很相似呢。」
「很高興您這麼覺得……姊姊也是我視為目標的女性。」
芽衣笑咪咪地回應由弦的奉承。
順帶一提，由弦是故意稱呼兩人為姊妹，而非表姊妹的。

即使是事實，在這個場合下用「表姊妹」叫她們……有點不識相。
就算跟事實稍有出入，稱其為「姊妹」比較保險。
因為「姊妹」的關係比「表姊妹」更加密切。
芽衣之所以叫愛理沙「姊姊」，也是察覺到由弦刻意不用「表姊妹」稱呼她們。
簡單來說，就是在表示「我把你的未婚妻當成真正的姊姊」（所以我和你是義兄妹的關係）。
她都刻意強調了，應該是想跟由弦打好關係吧。不像某個表哥。
（……真是聰明的孩子。數個月前她還是小學生呢。）
她用力擊回由弦用力投出的球。
看來她的個性並沒有外表及親切的笑容看起來那麼好惹。
明明是表姊妹，芽衣卻和愛理沙一點都不像……
乍看之下是如此，但愛理沙的個性也意外倔強，在不同人面前會顯現不同的態度，這部分有幾分相似。
恐怕是從母親那邊遺傳下來的。
「可以……多跟我說說彩弓的事嗎？再具體一點。」
「好的。」
兩人以由弦的妹妹、芽衣的學姊這位共同認識的人物拓展話題。

芽衣逐漸打開了話匣子。

「高瀨川先生……也跟高瀨川學姊非常像呢。」

她喃喃說道。

這句話並不奇怪，由弦卻覺得芽衣是不小心說出了真心話。

「哦……哪裡像？」

他試著詢問……

「……眼睛的顏色很像。」

芽衣沉默了幾秒才回答。

似乎是覺得講話會讓人不知道該如何回答的這一點「很像」。

芽衣以得體的方式打了個馬虎眼。

由弦瞇起遺傳自父親的藍眼。

他本想接著追問「外表以外的部分呢？」……

衣服卻被人拉了拉。

「由弦同學……請你不要太欺負芽衣。」

愛理沙譴責由弦。

表面看來是在幫芽衣說話……同時卻也像在嫉妒未婚夫只顧著跟表妹聊天，為此而鬧脾氣。

「說得也是，抱歉。」

「……別跟我道歉，請你對芽衣說。」

在未婚妻的催促下，由弦鬆了口氣，重新面向將來的小姨子。

「抱歉……我會跟舍妹說妳很尊敬她。」

「……謝謝您。」

芽衣對由弦行了一禮。

「由弦同學，時間差不多了……」

愛理沙開口提醒，看了時鐘一眼。

是時候離開了。

由弦再度面向直樹。

直樹一直沒有說話，在旁邊聽著由弦、芽衣、愛理沙聊天。

單純是話少……而不是在試探芽衣吧。

由弦認識跟他很像的人。

橘虎之助——亞夜香的叔父，是個奉行「沉默是金，雄辯是銀」的人。

「天城先生，到了我這一代，也請您跟家父維持現在的關係。」

由弦以高瀨川家下任當家的身分說道。

未來也繼續好好相處吧……表面上是這個意思。

同時也能解釋成「你雖然是我岳父，但在此之前，我是高瀨川家的人，你是天城家的人，根本的部分不會改變」。

「嗯，今後也請多多關照，由弦。」

直樹面無表情，看起來沒有特別在意。

如由弦所料，直樹似乎屬於聽不出言外之意的類型。

這點就跟亞夜香的叔父橘虎之助不同。

換成亞夜香的叔父，或是亞夜香本人，絕對會以某種形式叮嚀對方。

（嗯，和爸爸說的一樣……是個率直誠實、不會懷疑他人的人。）

這絕非壞事。

動不動就懷疑「這個人講這句話是什麼意思？」的人，和不會懷疑，直接照字面上的意思聽進去的人——若問他想跟誰當朋友？是後者。

這種人格、性格的人值得信賴。

由弦的父親似乎挺喜歡直樹的人格，由弦也對他印象不錯。

……也是，總不會有人讓自己的兒子跟討厭的對象的女兒訂婚吧。

（不過……他如果再愛笑一點，給人的印象就會不一樣了……）

由弦的父親這樣評價過直樹：「講過話就會知道他人不錯。」

這並非好事。

「講過話就會知道他人不錯」換句話說就是「沒聊過便不懂這人在想什麼」。

他也很能理解愛理沙為何會不擅長跟他相處。

因為搞不懂直樹在想什麼，倒不如說他看起來一副在生氣的樣子。

「高瀨川先生。」

這時，芽衣呼喚他。

「今後也請您多多關照我這個義妹、高瀨川家的同伴。」

然後露出和藹可親的笑容。

與父親不同，她故意把義妹擺在前面，大概是想強調跟高瀨川家的姻親關係。

然而令人在意的是「高瀨川家的同伴」這句話。

由弦的妹妹彩弓，絕對不會講這種話。

因為不是下任繼承人的人，不該做出這種代表整個家族的發言。

他不認為芽衣會不懂，所以可以視為她就是天城家的下任繼承人。

或是她看父親聽不懂，趁機自作主張。

（說起來，我不認為天城家會有「下任繼承人」這個觀念……）

由弦判斷恐怕是後者。

硬要翻譯的話，差不多是「懇請將寶貴的一票投給天城芽衣！」的意思。

她跟父親不一樣，面帶笑容，卻滿肚子黑水。

千萬別插手管別人家的繼承人問題……由弦很想這麼說。但比起那個會惹麻煩的表哥，他覺得自己跟這個聰明的表妹可以處得更好。

由弦決定不著痕跡地告訴父親這件事。

（對了，怎麼沒看到他……在學校嗎？）

天城大翔是大學生，獨自住在關西。

推測是還沒回來……如果他回家了，再怎麼說都會來露個臉。

由弦和愛理沙同時起身，走向門口。

「愛理沙，要不要我幫妳拿行李？」

「那麼……麻煩你了。」

由弦從愛理沙手中接過行李箱，拖到門口……

「啊……」

在那裡撞見一名青年。

他一見到由弦就小聲驚呼，表情因尷尬而扭曲。

時值黃金週，他正好回老家了。

「好久不見，大翔先生。」

「喔、喔……由弦。嗯，好久不見。」

由弦很有禮貌地向他問好，大翔則是支支吾吾地回答。

看到愛理沙和由弦幫她拿的行李箱，他露出複雜的表情……

「那、那我失陪了。」

「喂，大翔。」

「哥哥……」

他不聽直樹的制止，消失在家門後面。

這傢伙在搞什麼？直樹皺起眉頭。

而芽衣輕聲嘆息。

接著對由弦和愛理沙說：

「家兄失禮了……他心情有點不好。請見諒。」

愛理沙疑惑地歪過頭……

由弦只能苦笑。

※

「愛理沙，妳要坐窗邊還是靠走道？」

「嗯……靠走道好了。」

兩人一面交談，一面坐到新幹線的座位上。

過沒多久，列車發動了。
「……呼啊。」
愛理沙打了個小小的哈欠。
她揉著眼睛，一臉睏意。
「妳昨晚沒睡飽嗎？」
「嗯，對呀……」
愛理沙露出曖昧的笑容。
太期待了，睡不著……八成是諸如此類的理由。
「跟畢業旅行前的小學生一樣。」
由弦笑著說道……
「也不想想是誰害的……」
愛理沙咕噥了句。
「……妳說什麼？」
「沒、沒事……沒什麼。」
愛理沙搖搖頭。
接著露出有點糾結的表情……
「由弦同學……你對芽衣有什麼看法？」

「咦？看法……」

由弦想了一下後回答。

「是個……聰明的孩子。」

「這樣呀……你會覺得她可愛嗎？」

「咦？呃，畢竟是妳的表妹……數年後會是個美女吧。」

「我想也是。那個……」

「我再怎樣都不會把國一生視為戀愛對象啦……況且妳才是我喜歡的類型。」

由弦斬釘截鐵地表示。愛理沙鬆了口氣。

她好像在吃醋。

「妳嫉妒了嗎？」

「有、有一點……那個，因為你們聊得很開心……」

愛理沙害臊地說。

她抬起視線，瞄向由弦。

「具體而言……你喜歡我外表的哪一點？……跟芽衣比起來。」

「咦……」

這問題有點難。

例如長相，由於兩人是堂姊妹，愛理沙跟芽衣的相貌有幾分相似。

要說差異的話……

「妳的髮色比較美。」

「這、這樣呀。」

愛理沙開心地撫摸頭髮。

她大概也為自己亞麻色的秀髮感到很自豪。

「還有……其他的嗎？」

「嗯──其他的啊……要具體說明有難度，妳比較成熟……是當然的。我要表達的不是那個意思……」

愛理沙比芽衣成熟很正常。

因為愛理沙較為年長。

「芽衣給人可愛的感覺。而妳當然也很可愛，同時給人漂亮的感覺……吧？」

喜歡的外表因人而異。

但愛理沙無疑很「美」。

「原來如此……是這樣嗎？」

愛理沙似乎可以接受由弦的說法。

她滿意地點頭。

然後靠到椅背上……兩眼微瞇。

「想睡的話可以睡。我會叫妳起床的。」

「……那我就不客氣了。」

愛理沙閉上眼睛。

由弦則開始用手機看起電子書。

過了一會兒……

「嗯……」

一股重量輕輕壓在由弦肩上。

他聞到淡淡的甜美香氣。

「……呵。」

由弦瞄了愛理沙可愛的睡臉一眼，忍不住笑出聲。

※

到站……的十分鐘前。

由弦叫醒了愛理沙。

「愛理沙。」

他用手指戳了戳愛理沙的臉頰。

柔軟的觸感令人上癮。
「嗯……」
「不快點起床，小心我對妳惡作劇喔。」
由弦這句話有一半是開玩笑的。
在公共場合能做的「惡作劇」當然沒什麼大不了。
「……不行。」
愛理沙茫然地睜開半眯的眼睛。
她緩慢起身，伸了個大懶腰。
「嗯——早安。」
她眨眨眼睛。
還有點想睡。
「早安……愛理沙，妳流口水了。」
「咦，騙人！」
愛理沙急忙用手擦拭嘴角……
「抱歉，騙妳的。」
「你怎麼這樣！」
「不過這下就醒了吧？」

由弦笑著說。愛理沙挑起端整的眉毛。

「真是的……！」

列車在兩人交談的期間到站。

由弦和愛理沙下了新幹線。

穿過票口，他們坐上計程車，將目的地告訴司機。

「你們真年輕呢……還是學生嗎？」

「是的。」

「大學幾年級呢？」

「啊——不是的，我們是高中生。」

「高中生？這樣啊——」

跟司機聊天的期間，他們抵達目的地。

是間有點年代感的大旅館。

「該怎麼說……很有韻味，真不錯呢。」

愛理沙的語氣有些雀躍。

由弦本來還在擔心對愛理沙這位女高中生來說，這間旅館會不會太老氣，看來只是杞人憂天。他放下心來。

「那我們走吧。」

「好的。」

兩人進入旅館。由弦告知櫃檯人員：「我是有預約的高瀨川。」

沒多久，只見一名頭髮斑白的女性走了出來。

「歡迎兩位。」

她如此向兩人問好……

「哎呀哎呀……你真的長大了呢，由弦……不對，由弦先生。」

一邊用手掩著嘴巴，高興地說。

她是這家旅館的老闆娘，和由弦算是舊識。

「好久不見。」

由弦點頭致意。

接著望向站在自己後面一步的未婚妻——愛理沙。

「她是我的未婚妻……雪城愛理沙。」

「我叫雪城愛理沙，請多關照。」

愛理沙微笑著說。

老闆娘喜悅地發出「哎唷唷」的聲音。

「是位美女呢……」

之後……她追根究柢地問了兩人是在哪裡相遇的、交往了多久。

愛理沙起初還笑咪咪地回答，聊著聊著，她的笑容便漸漸轉為「苦笑」。

「老闆娘，您是不是該……」

這時，旅館的女性服務生（仲居）委婉地提醒老闆娘。

她講太久了。

老闆娘這才驚覺，隨即以微笑掩飾失態。

「那麼，請跟我來……」

然後帶領兩人前往客房。

「哇～～好棒的房間。」

一走進房間，愛理沙便讚嘆出聲。

除了裝潢美觀，玻璃窗外的庭園景色也饒富風情，相當美麗。

接著，老闆娘簡單介紹了一遍房間及館內設備。

「至於浴室，當然有大浴場，不過房內也有露天溫泉，比較小就是了。」

她領著兩人來到客房附設的露天溫泉。

意即他們可以享受私人的入浴時間。

最後則是決定鋪床和用餐的時間……

「那麼……請好好休息。」
老闆娘露出親切的笑容，離開房間。
目送老闆娘離去後，由弦對愛理沙說：
「要不要……現在就去泡澡？」
聽見由弦的提議……
「咦……泡、泡澡嗎？」
愛理沙不知為何目光游移，臉有點紅。
「對啊……妳不想泡澡嗎？」
是想在睡前洗澡嗎？
由弦感到不解。
若是如此，屆時再洗一次不就行了？由弦不禁心想。
「那個，倒也不是……不想……」
「……身體不舒服？」
由弦想到的是生理期。
生理期不能泡澡……有這樣一條規則的澡堂絕對不少。
「不、不是的……」
他發現愛理沙連耳朵都紅了。

她低著頭，不時瞄向由弦。
「那是……會害羞？」
就算是同性，不希望裸體被看見的人也絕不罕見。
尤其愛理沙的外表、身材都很引人注目……同性的目光應該也會被牢牢吸引。
況且她本來就怕羞。
排斥在他人面前全裸，會難為情，一點都不奇怪。不過……
（……可以一開始就跟我說嘛。）
有多一點時間或事先準備，會比較好處理這種情況。
而且也不必逼自己來溫泉旅行。
「由、由弦同學……不、不害羞嗎？」
「咦？這個嘛，嗯……被人凝視的話，是會覺得彆扭啦……」
由弦對泡澡跟裸體的感覺，和大多數的日本男性一樣。
也就是不會害羞。
「凝、凝視……」
「那妳打算怎麼辦？打個比方……穿泳裝妳就敢泡了嗎？」
「應、應該沒問題……你、你就……這麼想泡澡嗎？」
「這個嘛，畢竟本來就是為此而來的……」

溫泉旅行的主要目的是泡溫泉。

儘管享用美食及觀光也包含在內，但一切都始於泡溫泉……這是由弦的觀點。

「這、這樣呀……」

「……呃，如果妳不喜歡，我可以自己去泡。」

由弦不打算勉強她。

他雖然想共享愉快的心情，然而愛理沙不開心就沒意義了。

「不、不會……不會不喜歡……既然你這麼想泡……」

愛理沙握緊拳頭，一副下定決心的態度。

「我、我會努力的！」

「用不著那麼努力啦……」

由弦苦笑著說。

倘若會在意他人的視線，愛理沙泡房間的露天溫泉就行了。

再說，大浴場也分成男女湯。

就共享愉快心情的這點而言，情況是一樣的。

（……不對，等一下。）

這時，由弦察覺到了。

「愛理沙，保險起見，我先跟妳說……」

「好、好的。」
「我說的不是一起泡那邊的露天溫泉喔?」
「……咦?」
愛理沙的表情僵住了。
「那、那是……哪邊的溫泉?」
「呃,我指的是……大浴場……另外,大浴場分成男湯和女湯喔?」
「……」
愛理沙陷入沉默。
她以微微泛淚的雙眼瞪向由弦……
「由弦同學是大笨蛋!」
大聲怒吼。
※
幸好,愛理沙的觀念也跟由弦一樣,「如果是去澡堂或溫泉,全裸也無所謂」、「對方

是同性的話，只要不盯著我看就沒關係」。
因此，泡大浴場毫無問題……
兩人立刻準備去泡澡。
「正常都會認為是大浴場吧。」
前往大浴場的路上，由弦苦笑著說。
手上拿著毛巾及等等要換上的浴衣。
「……因為你這人不正常啦。」
愛理沙的語氣有點像在鬧脾氣。
想要掩飾害羞，心情不好的樣子。
「不正常是什麼意思？」
「……你很色的意思。」
「竟然把我說成這樣……」
因為由弦很色，提議一起泡溫泉也不奇怪。
這樣想還滿過分的。
「會想到要一起泡澡的愛理沙更色吧？」
「什麼！」
愛理沙正想反駁……

卻立刻閉上嘴巴。
應該是覺得講得愈多，聽起來愈像硬拗吧。
兩人抵達了大浴場的入口。
眼前是男湯、女湯及布簾。
「泡完溫泉……約在簾子前面會合如何？」
「好呀，我也覺得約在這就好……那麼等等見。」
「等等見。」
由弦和愛理沙道別，穿過簾子。

※

「呼……真舒服。」
由弦從布簾後面走出。
一如老闆娘所言，大浴場很大，又有露天溫泉，讓人泡得通體舒暢。
「好了，愛理沙還沒泡完嗎……」
「啊，由弦同學。」
愛理沙幾乎在同一時間現身。

她跟由弦一樣身穿浴衣，肩上披著白毛巾，大概是想避免還沒乾的頭髮把浴衣弄濕吧。

平時白皙如雪的肌膚，現在染上淡淡的紅色。

總覺得她的肌膚比平常更有光澤，看起來更加性感。

「妳穿起來很好看。」

愛理沙微微一笑。

「由弦同學也……怎麼說呢？很適合你。」

「畢竟我在家常穿嘛。」

高瀨川家是以和服當居家服的奇妙家族。

就這點來說，浴衣對由弦而言不是多特別的服裝。

「有點渴呢。」

「唔……這種時候喝牛奶才是王道。」

由弦打開老闆娘給的館內平面圖。

他看了一下……大浴場附近有類似休息室的地方。

「去這邊看看吧。」

「嗯。」

來到休息室……裡面有按摩椅、腳底按摩機、騎馬機等健身器材。

有可以坐的地方，也有賣飲料。

「喔，有咖啡牛奶。」

「我要水果牛奶。」

兩人補充了水分……

「喔……真有效。」

「好舒服……」

體驗按摩椅……

「會、會痛！好痛！」

「妳身體太虛了吧？」

體驗腳底按摩機……

「哇！這、這個，好厲害……」

「……」（胸部在晃……）

體驗騎馬機……

盡情玩過一輪後，他們回到客房。

「離晚餐時間……還有二十分鐘啊。」

「還要一段時間呢。」

由弦和愛理沙坐在坐墊上發呆。
他們沒有什麼事要做。
只是懶洋洋地待在那裡。
「愛理沙……」
「怎麼了？」
「……我睏了。」
由弦靠到愛理沙身上。
身體暖和起來，喚起了睡意。
「等等就要吃飯了耶？」
「一下下而已，又不會怎樣。」
「……好吧。」
由弦躺到愛理沙的大腿上。
也就是所謂的膝枕。
「感覺如何？」
「好軟。」
「……色狼。」
「是妳自己要問的吧？」

愛理沙的大腿很軟，躺起來相當舒服是事實。
隔著輕薄的浴衣，能微微感覺到她的體溫。
望向上方，映入眼簾的是連浴衣都遮不住的雙峰，以及看著這邊的未婚妻可愛的臉蛋。
「真的睏了。」
「真的……所以你剛才是騙人的？」
「對啊。」
想跟愛理沙撒嬌、想卿卿我我、想要她陪伴自己……
這才是真心話。
「真拿你沒辦法。」
愛理沙摸了摸他的頭。
這樣真的會睡著。
「……晚餐來了叫我起床。」
由弦閉上眼睛。
然後……

「……由弦同學，由弦同學！」
「嗯……？」

聽見愛理沙的聲音，由弦緩緩睜開眼睛。
臉有點紅的愛理沙看著他，搖晃他的身體。
「愛理沙……早安。」
由弦悠哉地跟她道早。
不過……
「快、快走開啦！」
愛理沙並未回應他的招呼。
她一邊有點強硬地把由弦拉走。由弦坐起身，環視周遭。
旁邊是臉紅的未婚妻。
桌子附近則是……
「啊，妳好……」
「不好意思，打擾兩位休息了。」
女性服務生面帶苦笑，端著餐點站在那裡。
確認由弦醒來後，她將餐點放到桌上。
然後跟兩人介紹餐點，說明之後會送甜點過來，便轉身離去。
「由弦同學！」
「怎、怎麼了……妳臉好紅。」

服務生離開後，愛理沙生氣地逼近由弦。
由弦苦笑著用手制止她。
「你還問！……我被笑了！她說『你們感情真好』！」
「又沒關係，是事實啊……還是妳不希望有人說我們感情好？」
由弦故意裝出悲傷的表情。
愛理沙搖搖頭。
「我、我不是那個意思……」
「那不就得了……晚餐要不要趁熱吃？」
愛理沙略顯不滿地點頭。

兩人重整心情，開始用餐。
晚餐以生魚片、天婦羅、釜飯等日式料理為主。
「哇，好好吃的樣子。」
幸好美味的料理似乎讓愛理沙心情變好了。
她瞇起眼睛，享用餐點。
「愛理沙……是醬汁派啊。」
「由弦同學原來是鹽巴派。」

天婦羅要沾醬汁還是配鹽巴？

由弦覺得配鹽巴比較好吃，愛理沙則喜歡沾醬汁。

「醬汁甜甜的，不覺得很好吃嗎？」

「配鹽巴可以吃到酥脆的口感喔。」

愛理沙似乎不打算讓步，由弦也一樣。

於是由弦……

「愛理沙，啊——」

「嗯！」

夾了沾鹽巴的炸蝦送到愛理沙嘴邊。

愛理沙一口咬下炸蝦。

「好吃嗎？」

「好吃。」

她微笑著說。

「可是，沾醬汁更美味。」

「唔唔……」

她不打算改變想法。

愛理沙夾起自己的炸蝦，沾上醬汁……

「由弦同學，啊——」

遞給由弦。

由弦咬斷炸蝦。蝦子、麵衣及醬汁的味道於口中融合。

「好吃嗎？」

「好吃。」

「對吧？」

「可是，沾鹽巴更美味。」

「唔……」

愛理沙皺起眉頭。

接著……

「那……這次要不要換吃茄子？茄子絕對要搭醬汁。」

「山菜絕對是配鹽巴更好吃。」

兩人一面爭論，一面互餵天婦羅。

※

飯後——

由弦和愛理沙花了些時間等食物消化，再度走出客房。
因為離就寢還有一段時間。
「由弦同學……要不要打桌球？」
「……我接受挑戰。」
說到溫泉，就會讓人想到桌球……
其實也不見得。但這間旅館有桌球桌。
「要上嘍，愛理沙。」
「好的。」
兩人互相擊球。
由弦起初還玩得滿開心……
「由弦同學，你狀況不好嗎？」
打到一半卻會因為一點小失誤而敗陣，被愛理沙說他缺乏集中力。
「沒、沒有啦……因為我很久沒打桌球了。」
由弦辯解著，將桌球打回去。
桌球稍微擦過球網，掉到愛理沙那一側……彈起來。
「嘿！」
愛理沙探出上半身，伸長手臂，試圖撈起球。

這樣一來……

（是不是跟她講一下比較好……？）

愛理沙白皙的肌膚，自浴衣的袖口露出。

除此之外，浴衣還有點亂掉，隱約能窺見雙峰間的溝壑。

幸好周圍沒人，只有由弦看得見……

不過身為男性，還是會在意。

「由弦同學！」

「喔、喔……」

回過神時，球已經彈到旁邊。

由弦急忙回擊，球卻飛往截然不同的方向。

「又是我贏了……你變弱了嗎？」

愛理沙得意地說。

異常有自信的她非常可愛。

「不是，是妳太強了。」

「咦——是嗎？」

由弦一邊吹捧愛理沙，繼續比賽。

過了一小時左右……

「有點……累了。」

「先休息吧。」

雖說不是太激烈的運動，兩人卻在不知不覺間流了些汗。

以飯後運動來說，應該足夠了。

「要不要再去泡一次溫泉？」

「好啊。」

兩人就這樣往大浴場走去……

「等一下，愛理沙。」

由弦叫住愛理沙。

愛理沙納悶地轉過頭。

「怎麼了？」

「呃，不是多重要的事。」

他抓住愛理沙的浴衣。

然後幫她整理了一下衣服。

遮住稍微露出的雪白溝壑及長腿。

「這麼不設防的模樣，只能讓我一個人看見喔。」

語畢，由弦對她笑了笑。

愛理沙的臉……染上淡淡的紅色。
「謝、謝謝。」
她扭扭捏捏地向由弦道謝。

※

離開大浴場，回到客房時，棉被已經鋪好了。
兩人打算待在房間休息，直到上床睡覺……
「按摩椅真不錯。」
愛理沙突然說。
看來她很喜歡旅館的按摩椅。
「按腳的那個功能很舒服。」
「我喜歡從肩膀按到背部的。」
她邊說邊輕輕敲打自己的肩膀。
愛理沙似乎還是老樣子，為肩膀痠痛感到困擾。
「愛理沙。」
「……由弦同學？」

由弦輕輕把手放在愛理沙肩上……
使勁一捏。
「嗯啊……」
「我的手和機器，哪個更舒服？」
脖子的根部、側面、背部……
他用力揉著愛理沙小小的肩膀。
「等、等一下……由、由弦同學……？」
愛理沙困惑地問。
每當由弦加重力道，她的身體就會微微顫抖。
「如何？」
由弦在她耳邊輕聲呢喃。
「什、什麼……」
愛理沙吐出炙熱的呼吸。
「喜歡哪一個？」
「我、我……嗯！」
她嬌喘著回答。
「比較喜歡……你的手。」

「那真是太好了。」
明白自己贏過了機器，由弦有點高興。
……雖然他並不是在嫉妒機器。
「還有哪裡希望我幫妳按摩嗎？」
「咦……這、這個……」
不知為何，愛理沙目光游移。
身體有點緊繃。
「你、你想幫我按摩嗎？」
「咦？呃……也不是說一定要……」
他開始幫愛理沙按摩，一半是覺得有趣，一半是開玩笑。
而非想藉機碰觸愛理沙的身體。
當然，若說不想碰就是謊話了。
「……」
不知為何，愛理沙一語不發。
從亞麻色髮絲底下露出的耳朵及脖子紅通通的。
由弦先是繼續捶打愛理沙的肩膀。
「可、可以喔……」

經過短暫的沉默，愛理沙說道。

她的語氣聽起來像是有著什麼覺悟……由弦一頭霧水。

「……那個，可以什麼？」

「你、你想碰我對吧……？」

「……呃？」

由弦感到疑惑。

至少他並沒有表示想碰觸，或是幫愛理沙按摩特定的部位。

這句話聽起來只像是在問想幫哪個部位按摩。

「……妳想讓我碰哪裡？」

由弦詢問愛理沙。

至於愛理沙的回答……

「哪、哪裡……這、這個問題……一、一定要回答嗎？」

「因為妳不回答，我不會知道啊……」

不講清楚就不會明白。

由弦催促她，告訴自己想按那裡。

「你、你好壞……」

愛理沙忿忿不平地說。

然後……

「可、可以摸喔……？胸、胸部……」

她說出這句話。

由弦的手停止動作。

「我、我先說了……只、只能……摸一下喔？我、我也是……迫於無奈……」

愛理沙辯解似的加快語速。

由弦困惑地問：

「……妳想要我摸妳嗎？」

「才、才沒有！是、是你……想、想摸我吧！」

「我沒有這樣說啊……」

若要問他想摸還是不想摸？答案是想摸。

可是，他不記得自己說過這種話。

再說，凡事都要按照順序……由弦認為刻意觸摸那種部位實在太快了。

「咦，啊，不是……」

愛理沙低下頭。

「對、對不起，是、是我誤會了……」
「是、是嗎？」
尷尬的氣氛油然而生。
「……那個，愛理沙。」
「請、請說。」
「該睡了吧。」
「說、說得也是！」
兩人決定直接就寢。

※

（講、講了奇怪的話……）
在夜燈的光芒下，後悔及羞恥湧上愛理沙的心頭。
關於剛才的誤會與失言。
（都是因為亞夜香同學和千春同學說了奇怪的話……）
由弦搞不好會主動幫她按摩肩膀，趁亂摸胸。
都是因為想到這句有一半是在胡鬧的話……她才誤會由弦是想摸她胸部。

（露、露天溫泉那件事……也是亞夜香同學和千春同學不好！）

客房裡有露天溫泉。

得知這件事之際，愛理沙第一個想到的便是兩人說的「他搞不好會約妳泡溫泉」。

由弦是因為想跟愛理沙一起泡溫泉，才邀她來溫泉旅行……她不小心產生了這樣的誤解。

（這、這樣搞得像是我比較想做一樣……）

即使由弦沒有這樣想，會覺得愛理沙的想像力太豐富也很合理。

（下一個記得是……夜襲嗎？由弦同學不可能會做這種……）

就在這時——

旁邊傳來掀起棉被的聲音。

愛理沙的心臟用力跳動。

由弦慢慢爬起身，接近愛理沙……

從她身上跨過，走掉了。

（什、什麼嘛……原來是要去上廁所啊。）

她聽見廁所的門開關的喀嚓聲，以及沖水聲。

過沒多久，由弦回來了……

（……咦？）

他鑽進愛理沙的被窩中。
（他、他睡呆了……？）
愛理沙緩慢而慎重地翻身。
由弦的睡臉近在眼前。
他在睡覺……的樣子。
（什、什麼嘛……我還以為真的是要來夜襲……）
愛理沙再度背對他，叫自己別放在心上。
然而……
「愛理沙……」
身體被抓住了。
由弦從背後抱緊愛理沙，導致她的心臟又開始劇烈跳動。
「由、由弦……同學？」
愛理沙小聲呼喚由弦。
而由弦……
「……我喜歡妳。」
如此回應。
接著更加用力地抱緊她。

（睡、睡昏頭了？或是假裝睡昏頭……？）

不知不覺間，愛理沙跟抱枕一樣被由弦抱在懷裡。

力道非常重。不曉得他是在睡覺，還是在裝睡。

不痛，卻無法輕易掙脫。

（由、由弦同學真是的……）

真是個令人困擾的人。愛理沙在內心嘆氣。

可是，連在夢中都在被追求，感受著由弦的體溫入睡……絕對不會令人反感。

「……晚安。」

愛理沙放鬆身體，墜入夢鄉。

第四章　與婚約對象去溫泉旅行　後篇

隔天早上。

由弦慢慢甦醒。

「……嗯？」

他突然注意到自己正抱著一個柔軟溫暖的物體。

有股甜美的清香。

睜開眼睛一看……

「……愛理沙？」

愛理沙怎麼在我的房間？……他感到困惑，馬上想起自己正在旅行。

「我、我好像睡昏頭了。」

由弦緩慢而慎重地離開愛理沙。

然後整理好亂掉的浴衣，重新面向她。

幸好愛理沙也睡得很舒服的樣子。

不過……

（好、好糟糕的畫面……）

浴衣亂七八糟。

清純的白色內衣褲一覽無遺。

（……把它封印住吧。）

由弦幫愛理沙蓋上毛毯，遮住半裸的身軀。

「……去泡個澡好了。」

機會難得，泡泡看客房的露天溫泉吧。

由弦帶著毛巾，走向浴室。

洗完澡回來時……

「嗯……」

愛理沙呆呆地揉著眼睛。

她好像剛醒。

「啊……由弦同學，早安……」

「……早安，愛理沙。」

由弦別過頭跟她道早。

愛理沙則疑惑地歪著頭。

「你怎麼了？」
「……那個，妳的浴衣很壯觀喔。」
聽見由弦這句話，愛理沙低頭望向自己的身體。
浴衣亂掉了。
不如說是脫掉了一半。
白色的內衣褲露在外面。
「啊……呃、呃，那、那個……這、這是！」
「啊——我會面向那邊。」
由弦轉身背對愛理沙。
背後傳來布料的摩擦聲。
「不、不好意思……」
「嗯，沒關係。」
由弦回過頭說。
愛理沙的臉頰微微泛紅。
儘管衣服穿好了，睡亂的頭髮卻還沒整理好。
「還沒到早餐時間……要不要泡個澡？」
「說、說得也是。就這麼辦……」

愛理沙輕輕點頭，走向露天溫泉。

「早餐真好吃。」

「對啊……有點吃太多了。」

早餐是自助餐形式，也就是吃到飽。

這種用餐方式，會讓人無論如何都想試過每一道菜……結果不小心吃太多。

「今天的行程是？」

「難得出來旅行，我想到外面觀光。妳覺得呢？」

「不錯呀。」

在旅館悠閒地度過當然也很好……

可是難得出來旅行，不遊覽觀光地未免太可惜了。

決定好目的後，兩人隨即換上便服。

「對了，由弦同學……你有想去的地方嗎？」

「咦？沒有，我想說隨意到溫泉街看看土產……就這樣吧。妳呢？」

由弦問道。愛理沙點點頭。

然後拿起手機給他看。

「我想去這裡！」

「……唔，熱帶園啊。」
似乎是利用溫泉的熱度，飼養與栽種熱帶地區動植物的設施。
「我想看泡溫泉的水豚。」
「原來如此。好啊……我們走吧。」
由弦對此沒有意見。
於是，兩人搭乘大眾運輸工具和計程車，前往那座熱帶園。

「哇……好可愛！」
愛理沙看著水豚，開心地笑了。
由弦心想，只是泡在溫泉裡就能被愛理沙誇可愛，這老鼠真令人羨慕。
「妳比較可愛喔。」
「什麼啦？」
愛理沙露出苦笑。
一臉「你拿我跟水豚比，我不知道該作何反應……」的樣子。
「泡溫泉的妳一定更可愛。」
由弦說道。
比起可愛……性感可能更正確。

「……」
「愛理沙？」
由弦呼喚突然不說話的愛理沙。
「由弦同學……那個。」
「嗯？」
「你果然會想跟我一起泡澡嗎？」
由弦想了一下後回答。
「要說想還是不想，答案當然是……前者。」
若能跟愛理沙一起泡澡，悠悠哉哉地度過，互相潑水玩鬧，肯定很愉快。
如果有人問他想不想看愛理沙的肌膚……答案是怎麼可能不想看。
至少就算被愛理沙看見裸體，由弦也不會害羞。
……當然，前提是在溫泉裡。
「是、是嗎……？」
「不過這就要看妳的意願了……妳會不好意思吧？」
由弦想跟愛理沙一起享受溫泉。
愛理沙不開心就沒意義了。
「該怎麼說呢……？有點不好判斷。」

「……不好判斷？」

「我也……不排斥被你看見……」

愛理沙露出曖昧的笑容。

看來她無法只用想還是不想來做決定。

「嗯，不過說起來……」

由弦豎起食指，輕碰愛理沙的嘴唇。

「要先做這個吧？」

「別、別這樣啦……！」

愛理沙紅著臉，拍開由弦的手。

接著豎起端整的眉毛。

「討厭，怎麼在這種地方……！」

「抱歉、抱歉。」

由弦笑著道歉。愛理沙瞪了看起來沒在反省的他一眼。

兩人邊聊邊逛熱帶園。

看爬蟲類、餵食動物、體驗溫泉魚療……

將整座熱帶園逛遍後，踏上歸途。

「都出來玩了，要不要去溫泉街逛逛？」

「好呀。順便去買土產吧。」

中途，他們繞去溫泉街。

除了購買土產，想感受溫泉街的氣氛也是目的之一。

「還能邊走邊吃呢。」

「順便吃個飯吧。」

溫泉饅頭這種經典點心自不用說，還有販售烤雞、烤魚等不知道跟溫泉有沒有關係的食物。

買完土產的兩人來到咖啡廳休息。

然而並非一般的咖啡廳。

「足湯也好舒服。」

「只有腳泡水，感覺有點奇怪就是了。」

可以邊泡腳邊吃飯。

不過，兩人已經在路上吃飽了，沒打算點太多東西。

「由弦同學要哪種口味？」

「嗯──抹茶吧……」

「那我要蜂蜜的。」
他們分別點了抹茶和蜂蜜口味的霜淇淋。
一面以足湯溫暖身體，一面享用冰涼的霜淇淋，感覺特別美味。
「由弦同學，由弦同學。」
愛理沙輕扯由弦的衣服。
由弦用湯匙指著自己的霜淇淋問：
「妳想吃？」
「是的。」
他挖了口抹茶霜淇淋，慢慢送到愛理沙嘴邊。
愛理沙張嘴含住湯匙。
「好吃嗎？」
「好吃。」
她高興地微笑。
接著，愛理沙挖起自己的蜂蜜口味霜淇淋說：
「你要不要也吃吃看我的？」
「那給我一口好了。」
由弦張開嘴巴。愛理沙以自然的動作把霜淇淋送入他口中。

甜味在嘴裡擴散開來。

「味道如何？」

「很好吃。」

可是，比起霜淇淋本身的味道，他更覺得是因為愛理沙餵他吃，才會這麼美味。

兩人互相餵食，吃完了霜淇淋。

※

「呼……好累喔。」

由弦將土產放到房間的角落，嘀咕道。

走了不少路，有點疲憊。

「不過，剩下的時間都能用來休息呢。」

兩人預計今天在這邊過夜……明天早上回家。

所以今天是最後一天可以泡溫泉的日子。

「由弦同學，你覺得呢？要去……泡澡嗎？」

「……走吧！」

他們帶著乾淨的浴衣和毛巾，前往大浴場。

「由弦同學還沒好呀……」

愛理沙站在簾子前面自言自語。

雖然他們是同時進去的，但愛理沙早了一點洗好。

（明天就要回去了嗎……）

愛理沙心想。

一起吃飯、一起約會……旅行非常愉快。

愛理沙卻覺得少了些什麼。

不，「少了些什麼」這個說法並不正確。

硬要說的話……比較接近還有事沒做。

像是這種感覺。

（……還沒做呢。）

愛理沙碰觸自己的嘴唇，喃喃說道。

僅僅是稍微想到，她就覺得自己的身體變熱了。

出發前和現在。

愛理沙感覺不到他們的關係有巨大進展。

講好聽一點是穩定。

同時卻也可以稱之為止步不前。

（而且，我們也沒一起洗澡……）

一起洗澡，在由弦面前脫光，對愛理沙而言非常難為情。

不過……冷靜一想，能用「難得來溫泉旅館，一起洗澡吧」這種感覺自然地共浴，機會僅此一次。

一旦錯過，不曉得下次要等到什麼時候。

（如果由弦同學能強硬地拜託我就好了……）

愛理沙也想跟由弦一起洗澡、接吻。

但害羞的情緒總會冒出來礙事。

只要由弦態度強硬一點，愛理沙也能下定決心……或許吧。

「呃、不，我果然還是……」

正當愛理沙陷入煩惱之際……

「哎呀，愛理沙小姐。」

突然有人呼喚她。

是這間旅館的老闆娘。

「玩得開心嗎？」

「是的，非常開心。」

愛理沙笑著回答。
她告訴老闆娘溫泉泡起來很舒服，料理十分美味。
「那真是太好了……對了！您泡過客房的露天溫泉了嗎？」
「是的，今天早上泡過了。」
「早上就泡呀！……跟由弦先生一起？」
「怎、怎麼可能！」
愛理沙沒想到老闆娘會講這種話，驚訝得提高音量。
她用力搖頭。
「這、這種事……對我們來說還太早了……」
「哎呀，是嗎？……聽說兩位感情很好呢。」
老闆娘的語氣聽起來有點遺憾。
她兩手一拍。
「若您有需要……要不要借您泡湯服？」
「泡湯服？還有這種東西……」
在溫泉或澡堂，原則上會禁止客人帶毛巾之類的東西進去。
因為會汙染熱水。
然而也有人基於各種原因，想遮住身體泡湯。

泡湯服就是為了讓那些人可以遮著身體泡澡而存在的。
「您意下如何呢？」
「那麼，那個……麻煩妳了。」
愛理沙不好意思拒絕人家的好意。
……借了泡湯服，不代表一定要泡。
只是借而已，又不會怎麼樣。
「那我等等幫您送去……話說回來。」
「是？」
「成為高瀨川家公子的未婚妻……是不是很辛苦呀？」
她像在講悄悄話似的問。
老闆娘似乎以為會爆發「女人之間無情的戰爭」。
「這個嘛……確實歷經了一番波折。」
愛理沙苦笑著敷衍過去。
歷經波折是事實……雖然未必符合老闆娘的期待。
「果然是這樣嗎！」
「是的……我至今依舊覺得不能大意。」
這是真心話。

她希望由弦喜歡自己，希望他更喜歡自己。

不想把他讓給任何人。

「我想也是……未來也會很辛苦吧。」

老闆娘頻頻點頭。

不過若要問她有沒有遭遇過老闆娘想像中的女人間的戰爭，其實不然。

「愛理沙小姐和由弦先生是青梅竹馬嗎？」

「咦？不……不是的。雖然我們就讀同一所高中。」

「噢，這樣呀……沒什麼，因為由弦先生和他的兒時玩伴，以前曾全家一起來這邊住過……」

「兒時玩伴嗎？妳說的是……橘小姐、佐竹先生和上西小姐嗎？」

愛理沙依循自己所知，說出由弦「兒時玩伴」的姓氏。

他們小時候和由弦一起住過這家旅館，一點都不奇怪。

「是的……難道您認識他們？」

「我們是同學。」

「哦——那還真是……」

老闆娘用力點頭，一副了然於心的態度。

「那麼……您就是搶贏了上西小姐嘍……？」

「……咦？為什麼會這麼說？」
「因為……十幾年前，高瀨川先生和上西先生曾跟我提過，上西家的千金是由弦先生的未婚妻人選。」
「……哦。」
愛理沙從未聽說過。
她的心臟劇烈跳動。
不知為何，強烈的不安湧上心頭。
「老闆娘！客人要來了！」
「哎呀……都這個時間了！……那麼，愛理沙小姐，我先告辭了。祝您玩得開心。」
老闆娘轉身離開……留下愛理沙一個人。
她茫然地站在原地。
這時……
「愛理沙，我好了……愛理沙？」
「咦，啊！由弦同學！你好了呀！」
「嗯，抱歉讓妳久等了。」
「不會，我也剛出來……該吃晚餐了。我們回去吧。」
愛理沙和由弦一同走回房間。

路上……

「……好！」

她吆喝了聲，彷彿做好什麼覺悟。

※

「哇……好可愛！」

「對、對啊……」

由弦和愛理沙在看電視。

電視播出的是「動物小寶寶特輯」節目。

這部分不成問題。

問題在於……由弦的腿上。

（……為什麼會變成這樣？）

愛理沙坐在由弦腿上。

由弦打開電視，想在睡前打發時間時，愛理沙坐到了他的大腿上。

與其說坐在大腿上……嚴格來說，比較接近整個人窩在由弦腿間。
（算了，反正很可愛……）
由弦溫柔撫摸比自己的視線高度低一些的愛理沙的頭。
愛理沙發出舒服的聲音。
跟電視上的貓狗反應相同。
（她怎麼突然這樣……）
從大浴場回來後，愛理沙就一直是這個狀態。
不知為何，她積極地與由弦肌膚接觸。
而且有點刻意。
「……結束了呢。」
在由弦疑惑的期間，電視播映的節目正好結束。
愛理沙的語氣有點遺憾，卻不知為何帶有一絲緊張。
「該睡了……愛理沙。」
「好的。」
「那個，可以請妳借過嗎？」
愛理沙輕輕點頭。
緩慢從他的腿上移開。

然後……

「由弦同學！」

她突然用雙手握緊由弦的手。

縱使是由弦也吃了一驚。

「怎、怎麼了？」

「那、那個……」

她有點結巴。

臉頰微微泛紅。

「睡前……我想拜託你一件事，可以嗎？」

「是可以……要幹嘛？」

由弦回問。經過片刻的猶豫……愛理沙盯著由弦的眼睛說：

「要、要不要……來練習？」

「練習？」

「練、練習……接吻。」

練習接吻。

最近他們都沒有練習。

因為由弦沒有主動提議。

理由很簡單，他覺得不用急。
也可以說是因為他對於現在跟愛理沙的關係，感到一定程度的滿足。
「好、好突然……」
「不、不行嗎？」
愛理沙不安地詢問。
「……可以啊。」
由弦點頭答應。
牽起愛理沙的手。
輕吻那隻戴著婚戒的手背。
「嗯……」
愛理沙輕聲呻吟。
接著全身無力地靠到由弦身上。
由弦輕輕撫摸愛理沙光滑纖細的髮絲。
愛理沙對由弦投以熱情的視線。
「愛理沙……」
由弦呼喚她的名字，親吻她的頭髮。
把嘴唇湊近額頭。

「啊……臉……」

愛理沙發出微弱的聲音。

由弦卻無視她的反應，吻上額頭。

「還好嗎？」

「……好像沒問題。」

愛理沙口吐炙熱的氣息，臉泛紅潮，用水汪汪的眼睛望向由弦。

兩人面向彼此。

熱情地擁抱在一起。

互相凝視。

由弦把臉湊近。愛理沙閉上眼睛。

由弦的嘴唇，碰到愛理沙染上玫瑰色的柔軟臉頰。

「我也……可以親你嗎？」

「……嗯。」

由弦回答。愛理沙緊閉雙眼，顫抖著慢慢把嘴唇湊過去。

她嬌嫩的嘴唇，碰到由弦的臉頰。

「親到了……」

「親到了呢。」

她高興地微笑，由弦輕輕撫摸她的頭髮。

愛理沙瞇起眼睛，很舒服的樣子。

「愛理沙。」

「是。」

「可以……再多做一下嗎？」

由弦詢問。愛理沙紅著臉，點了點頭。

「好的……請自便。」

由弦再度抱緊愛理沙。

愛理沙的身體非常柔軟且炙熱。

然後……

「嗯啊……」

他的嘴唇貼在白皙的脖子上。

明顯感覺得到愛理沙抖了一下。

「這裡很舒服嗎？」

「嗯……是的……」

愛理沙點了點頭。

接著，由弦將嘴唇貼近愛理沙耳邊。

輕輕吹氣。

「啊，等等，那裡……」

他吻上耳朵。愛理沙身體一顫。

「……不、不行。」

她用細若蚊鳴的聲音說。

但由弦感覺不到她是真的不喜歡。

「愛理沙，我愛妳。」

由弦在她耳邊輕聲呢喃。

伴隨話語吐出的氣息，輕輕搔弄愛理沙的耳朵及頭髮。

「就、就算你講這種話……不行就是不行。」

愛理沙卻鼓起臉頰，彷彿在鬧脾氣。

然後……

「回敬你。」

他在由弦耳邊輕聲說道，親吻他的耳朵。

嘴唇壓在由弦的脖子上。

「……愛理沙。」

「由弦同學……」

兩人看著對方的臉，互相親吻臉頰及額頭。

次數愈多，他們的身體就愈火熱。

「由弦同學……那個……」

「怎麼了？」

「要不要……親嘴唇？」

愛理沙抬頭望向由弦。

由弦的視線自然而然地受到她紅潤的嘴唇吸引。

塗了護唇膏的嘴唇水嫩有光澤，看起來相當柔軟。

「……可以嗎？」

「你想要……的話……」

愛理沙目不轉睛地注視由弦。

看得出她在微微顫抖。

「……不用勉強。」

由弦溫柔撫摸愛理沙的頭髮。

親吻她的臉頰。

「啊嗚……」

愛理沙的身體瞬間失去力氣。

她似乎很緊張。
「今天成功親到臉頰了，是很大的進步呢。」
「……是的。」
「還有機會。慢慢來就好。。。」
由弦抱緊愛理沙。
愛理沙在由弦懷中，露出放心卻遺憾的表情。

「那麼，睡覺吧。」
由弦操作遙控器，關閉燈光。
由於愛理沙怕黑，不能把所有的燈都關掉。
會留下夜燈整晚開著。
「由弦同學，請等一下。」
「……怎麼了？」
「我、我……想試著克服黑暗。」
「……哦。」
愛理沙突然語出驚人。
「為什麼？」

「咦？因為，那個……」

愛理沙含糊其辭。

她沉默了一下後回答：

「暗暗的，你會比較好睡吧？」

「呃，嗯，是沒錯……」

「我也不好意思讓你配合我，所以想練習克服。」

由弦在黑暗中能睡得更沉，睡眠品質也比較好。

像這次一樣，只有幾天點著夜燈睡覺，他還能忍受……不過兩人總有一天會結婚，每天都睡在同一個房間。

考慮到未來，愛理沙克服黑暗對由弦的健康會比較好。

她的主張很正確。

可是……

（怎麼說呢，有種臨時起意的感覺……）

由弦覺得怪怪的。

然而懷疑也沒意義。

「那我要關燈了……」

「等、等一下！」

由弦正準備關燈，愛理沙卻急忙制止他。

「……還是算了吧？」

「不是那個意思……我還沒講完。」

「唔。」

「我雖然想克服黑暗，但那個……會怕就是會怕，所以……你可以陪我睡嗎？」

出人意料的要求令由弦有點驚訝。

不過，如果只是陪她睡覺，以前也有過一次。

「知道了，可以啊。」

「謝謝！」

愛理沙喜孜孜地鑽進由弦的被窩。

……離得有點近。

「……要關燈嘍？」

「好的！」

由弦關掉電燈。

周圍瞬間一片黑暗。

愛理沙緊緊抱住由弦。

「愛、愛理沙……」

「……怎麼了？」

「呃，那個……妳會不會靠太近了？」

愛理沙跟抱著樹幹的無尾熊一樣，巴著由弦的身體。

雙手緊抱著他的一隻手臂不放，兩隻腳纏上他的腿。

「因為，我會怕嘛。」

「……既然妳這麼怕，要不要開夜燈？」

「不行！」

愛理沙激動地拒絕由弦的建議。

然後略顯不安地問：

「……你覺得我很煩嗎？」

「呃，也不是……」

換成七、八月，他或許會嫌熱……但現在是五月。

只不過是被愛理沙抱著，一點都不熱，也不會難受。

然而……

「那個，有很多地方碰到了……」

「……什麼地方？」

「像是……胸部……」

由弦的手臂正好夾在愛理沙的雙峰之間。
兩人的腿也交纏在一起，因此他直接碰到愛理沙光溜溜的腿。
「……不行嗎？」
「……咦？」
「我們是婚約對象吧？婚約對象……碰到也不會怎樣吧？」
「這、這個……」
「還是說……你不喜歡？」
愛理沙悲傷地說。
她都這樣講了，由弦也開不了口拒絕。
「不會不喜歡喔。」
「那……可以嗎？」
「……可以啊。」
聽見由弦的回答，愛理沙的身體靠得愈來愈近。
肌膚從敞開的浴衣縫隙間露出，不時跟他碰在一起。
（糟、糟糕……）
愛理沙像這樣黏著自己，由弦其實並不排斥。
喜歡的女生抱緊自己，要自己陪她睡覺，跟自己撒嬌，沒有男人會反感吧？有的話代表他並沒有多喜歡那個女生。

問題在於某方面來說，由弦太高興了。

由弦也是男人，擁有性慾。

這樣的肢體接觸，無論如何都會刺激那種慾望。

身體會起反應。

被愛理沙發現不太好。

（我不希望她怕我……）

由弦的心靈沒有堅強到可以豁出去大喊：「身為男人，這很正常吧！」

他會忍不住擔心要是她害怕、要是她覺得我很骯髒、要是她討厭我怎麼辦？

「由弦同學聞起來好香……」

不明白由弦心裡在想什麼的愛理沙，說出這樣的話。

愛理沙的呼吸掠過由弦的脖子。

「會、會嗎？嗯，沒有汗臭味就好……」

「那我呢？」

「咦？」

「我聞起來是什麼味道？……請你聞聞看。」

他開不了口拒絕。

由弦默默將鼻子湊近愛理沙的頭髮，聞它的香味。
「怎麼樣？」
「……有股肥皂味吧？」
「好聞嗎？」
「嗯，很香。」
「太好了。」
愛理沙今天異常主動。
不，不應該說是今天。
嚴格來說，是從大浴場出來之後。
（是發生了什麼好事嗎？）
還是相反呢？
由弦搞不清楚狀況。
「對了，由弦同學。」
「嗯？」
「昨天晚上……你有跑來抱我。」
由弦的心臟用力跳動。
他當然不記得自己抱過愛理沙。

不過隔天早上，他抱著愛理沙醒來是事實。

「呃……換枕頭讓我睡不好。」

「……真的嗎？其實你醒著吧？」

「……怎麼可能？」

我不可能去抱睡著的愛理沙——由弦沒自信斷言。

他以前曾對她做過幾次小小的惡作劇。

「可以喔？」

「那個……可以幹嘛？」

「可以抱我……如果你想抱我，可以喔。」

愛理沙蹭向由弦的身體。

由弦感覺到夾住自己手臂的雙峰在動。

「那還真是令人高興的建議。」

他嘴上這麼說，卻沒有真的抱住愛理沙。

愛理沙見狀，詢問由弦：

「……你不抱我嗎？」

「今天……就算了。」

倘若有人問他想還是不想？他的確想抱緊愛理沙。

可是一旦這麼做，由弦起反應的部位會接觸到愛理沙。

他們都穿著衣服，所以當然不會直接接觸……但總會因為觸感而大概猜到是怎麼回事吧。

他不想被愛理沙發現。

「……是嗎？」

愛理沙語氣沮喪，聽起來有點惋惜。

「愛理沙。」

「是。」

「……該睡了。」

「知道了……」

她心不甘情不願地同意由弦的提議。

兩人閉上眼睛。

只感覺得到對方的體溫，以及自己的心跳……

兩人度過了一個失眠的夜晚。

※

隔天早上——

由弦清醒過來。

望向旁邊。

「唔、唔……」

看見衣服跟昨天早上一樣亂，或者該說比那更亂的愛理沙。

由弦腦中莫名浮現「事後」兩個字。

當然，他們並沒有做那種事。

「去洗澡好了……」

由弦決定去泡客房的露天溫泉。

昨天早上他也有來泡，所以並沒有新鮮感。

「……呼。」

他泡在露天溫泉中，深深嘆息。

由弦對這間旅館有著一定的滿足感。

跟愛理沙一起度過三天兩夜相當愉快，距離感也比以前……更接近戀人的感覺。

（可是她昨天到底怎麼了？）

昨晚愛理沙突然「嬌」了起來，由弦卻覺得不太對勁。

一點都不像她——其實也沒到這個地步。

愛理沙有時會突然變得大膽。

然而在那種情況下，都會有某種原因或背景。例如……發高燒之際。

「……是我多心嗎？」

假如愛理沙說她正好有那個心情，由弦也只能接受這個說法。

誰都會有想跟人撒嬌、希望別人陪伴自己的時候……反過來說，也會有沒那個心情的時候。

單純說是心情起伏的關係，也沒什麼好懷疑的。

喀啦！

這時，開門聲傳入耳中。

由弦望向聲音的來源……

「嘿、嘿嘿嘿……」

「愛、愛理沙？」

只見愛理沙帶著羞赧的笑容站在那裡。

她穿著一件看似白毛巾的衣服……除此之外什麼都沒穿。

雪白的鎖骨、肩膀、長腿，在蒸氣中若隱若現。

「啊，呃……那、那個……」

由弦陷入混亂。

可能是因為緊張，他反射性地站起來。

「哇！」

愛理沙尖叫出聲。

用雙手遮住臉。

由弦急忙以雙手遮住不能給人家看見的部位，泡進水裡。

「抱歉。呃……那個，我泡夠了，要出去了……可以的話，能麻煩妳轉過去嗎？」

她八成是沒發現由弦在泡溫泉，不小心走進來的吧。

如此判斷的由弦，說話時盡量不去看愛理沙。

愛理沙則用雙手遮住臉——一邊透過指縫看著他——回答：

「沒、沒關係……你不用起來。」

「呃，就算妳這麼說……」

「不、不能因為我而給你造成困擾！」

愛理沙的語氣異常強勢，跟她說的話形成反差。
有種不惜用盡各種手段，也要逼由弦閉上嘴巴的感覺。
「可、可是……呃，那個……」
「請、請放心！這、這是泡湯服……碰到水也沒關係！是旅、旅館的人借我的！」
愛理沙拉著泡湯服的胸口部分說。
差點看到不能看見的部位，由弦急忙移開視線。
「原、原來如此……不、不過，我沒有那種衣服……」
看來愛理沙準備得挺齊全的。
由弦卻沒準備那麼多……當然包含心理準備。
他還沒做好讓愛理沙看見重要部位，或是被看見也不會害羞的心理準備。
況且現在是大清早。
比白天更容易有反應，他沒自信能在愛理沙面前維持平常狀態。
「也、也有你的份！」
愛理沙秀出手裡那件像白毛巾的衣服。
仔細一看，上面有類似釦子的東西。
構造跟小學生上游泳課時會用的換衣斗篷類似。
由於是男性穿的，大小只夠遮住下半身，不過要用來遮住不能給人看的部分綽綽有餘。

「如、如何！」

「什麼如何……」

被滿臉通紅的愛理沙這麼問，由弦有些支支吾吾。

老實說，事情發生得太過突然，他尚未做好心理準備。

可是，現在的氣氛不容他回答「不，我不能接受」。

「好、好吧……」

由弦只得點頭。

「……」

「……」（怎、怎麼辦……）

愛理沙在浴池裡泡了一會兒……

由弦背對著愛理沙。

理由有二。

一是覺得自己不能看。

……明明泳裝更暴露，泡湯服卻有種「不能看」的感覺，真不可思議。

比起服裝及暴露度，主要還是環境問題吧。

二是由弦的男性象徵起了反應。

儘管有泡湯服遮住，他依舊很排斥面向愛理沙。

「由弦同學……你可以……把頭轉過來嗎？」

「呃，可是……」

「……由弦同學。」

柔軟的物體碰到由弦的背。

愛理沙從身後抱住了他。

察覺到時，由弦有種大腦竄過一道電流的感覺。

「愛、愛理沙……那個，放開我。」

「那麼，請你轉過來。」

愛理沙以有點悲傷的語氣說。

「……我好寂寞。」

未婚妻都這樣說了，由弦只能舉手投降。

「知道了。」

愛理沙聞言，慢慢放開由弦。

由弦也慢慢面向愛理沙。

「由弦同學……感想如何？」

「……妳好美。」

由弦誠實地說出感想。
溫泉的熱氣讓她的肌膚微微泛紅，光澤亮麗。
「是嗎……」
愛理沙淺淺一笑。
「……我好高興。」
她瞇起眼睛。
雖然只有簡短的一句話，但由弦的稱讚似乎傳達給她了。
「我說，愛理沙。」
「是。」
「……妳從昨天開始就怪怪的。」
儘管穿著泡湯服，但原本那麼害羞的她竟然會主動一起泡澡……態度甚至那麼強硬。
最好視為有什麼原因，發生了什麼事。
「那個……」
「煩惱、疑問、不滿、抱怨……什麼都可以。如果妳有心事……希望妳告訴我。」
由弦直盯著愛理沙翡翠色的眼睛詢問。
愛理沙眼中流露出一絲動搖……
「……那個，我有一件事想問。」

「嗯。」
「……聽說千春同學是你的前未婚妻，是真的嗎？」
千春是由弦的前未婚妻？
由弦納悶地歪過頭。
至少由弦和千春並非男女朋友，也沒訂過婚。
「妳聽誰說的？」
「老闆娘……她說以前曾被介紹，說千春同學是你的未婚妻人選……」
「喔——」
他想到一個可能性。
由弦解開疑惑，點點頭。
「很久以前，不知道我上小學了沒的時期，好像有過這回事。」
「所以……是真的嗎？」
「與其說真的……只是雙方家人隨口亂講而已，沒有到訂婚的地步。」
「是嗎……？」
愛理沙有點不安。
為了排解她的不安，由弦判斷最好從頭跟她解釋一遍。
「你知道高瀨川和上西關係不好吧？」

「知道。」

「所以，我的父親和千春的母親想，只要讓兩家的兒子和女兒結婚，是不是就能改善關係……只是想而已。」

沒錯，只是想而已。

這個計畫在非常早期的階段就自然告吹了。

「……為什麼你們沒訂婚？」

「首先，兩家的關係不好……爸爸那一代就算了，但爺爺那一代好像有意見。」

我可不想看見曾孫流著上西家的血。

聽說祖父講過這樣的話……

總而言之，祖父母那一代強烈反對。

「第二……這才是主要原因。千春本來——不如說千春的母親本來並不是上西家的繼承人。不過因為各種糾紛……最後她成了繼承人……導致千春會是上西家的下任繼承人……這樣一來，妳懂吧？」

由弦和千春都是自己家的下任繼承人。

要結婚的話，必須有一個人放棄繼承。

由弦的父親和千春的母親，都完全沒有讓孩子放棄繼承的意思。

「而且……那個，該怎麼說。假如這樣就能叫未婚妻，我應該有好幾個……應該有超過十個。所以……不管是以前還是現在，我跟千春都沒有特別的關係。」

由弦果斷地說……

接著補上一句：

「在那些人中……我的父親、祖父……更重要的是我選擇的人，是妳。世上沒有比妳更好的未婚妻，所以……妳大可放心。」

由弦會不會被包含千春在內的其他女性搶走……

他推測愛理沙擔心的是這個，溫柔地向她說明。

「是嗎……原來如此。」

愛理沙略顯安心地說，大概是接受了這個理由。

「……沒事的。我也……不覺得你和千春同學事到如今會怎麼樣。只不過……」

「……只不過？」

「我不想被你討厭，想繼續當你的未婚妻……」

「我不會討厭妳。」

由弦斬釘截鐵地斷言。

愛理沙卻搖搖頭。

「不是的，那個……該怎麼說，我不是在懷疑你。」

「那是怎麼了……」

「……那個，因為我很沒用。」
愛理沙聲音微弱，自虐似的說。
「……沒用？」
「嘴巴也……不敢親。做什麼都會害羞……」
她垂頭喪氣。
彷彿在責備自己。
「所以……我很害怕，很擔心你會不會不耐煩。」
「這樣啊……」
害怕、擔心由弦會不耐煩。
不想被由弦討厭的心情。
愛理沙的心情……由弦很能體會。
「沒用的是我。」
由弦語帶不屑。
愛理沙驚訝地抬起頭。
「……由弦同學？」
「抱歉。我一直優柔寡斷的，不是嗎？」
由弦優柔寡斷又沒用。

甚至還沒自覺。
跟主動察覺到這一點、試圖改善的愛理沙截然不同。
「你、你怎麼這樣說！不會的……由弦同學很溫柔，總是為我著想……」
「不對。」
由弦否定了愛理沙的說詞。
貼心、為她著想。
由弦確實曾經拿它當理由，在跟愛理沙肌膚接觸時踩下煞車。
只要愛理沙稍有猶豫、覺得害羞，就不該採取行動。
……那只是藉口罷了。
「我害怕被妳討厭。」
這才是一切的理由。
不想被愛理沙討厭。
過於害怕導致他有所顧忌，沒有將自己的想法及慾望好好傳達給愛理沙。
以模稜兩可的回答打馬虎眼。
不僅如此，還用「我是在為愛理沙著想……」當藉口，將責任推給愛理沙。
「愛理沙，我就直說了。」
由弦抓住愛理沙雪白的肩膀。

「好、好的。」

愛理沙身體一顫。

「我喜歡妳。」

「我、我知道。」

「所以我想跟妳接吻。不是總有一天想這麼做，不是可以的話想這麼做，我現在就想吻妳。其實我超想吻妳的。」

「這、這樣呀……我想……也是。」

宛如感到害羞、困擾……

愛理沙移開目光，肌膚染成玫瑰色。

見她露出這種表情，由弦湧現一股想要拉開距離的強烈衝動。

與此同時……也想強行逼近她。

「我還想跟妳一起泡澡。雖然妳進來的時候我嚇了一跳，但老實說也很高興。還有，我現在覺得這件泡湯服很礙事。」

「咦，啊……呃，這有點……」

愛理沙羞澀地抱住身體。

她沒有自覺嗎？

這種無意之舉會誘惑男人。

「對了，那、那個，由弦同學，你、你靠得好近……還、還有，那個……碰、碰到了……」

「這、這是因為……」

聽見愛理沙這麼說，由弦緊張了一下。

但他搖搖頭，驅散內心的迷惘。

「這是因為……那個，看到妳自然就會變成那樣，我無法控制。」

「是、是嗎？」

「沒錯，妳太有魅力了，所以，呃……」

他思考著該怎麼解釋才好，慎選措辭。

「……請原諒我。」

「好、好的……沒、沒關係。這一點……我可以體諒。請、請放心。」

「……是嗎？」

「是、是的。而且……」

「而且？」

「我、我也……不會感到反感。」

愛理沙別過頭說道。

接著，她露出驚覺的表情，滔滔不絕地解釋，猶如在找藉口似的。

「我、我的意思是……說、說起來，看見我的身體卻一點感覺都沒有……我也會受傷的！有魅力比沒魅力更好！」

她頻頻點頭。

由弦有些鬆了口氣。

……不過，即使愛理沙能體諒，他也沒打算刻意秀給她看。

畢竟他也會害羞。

「所、所以……愛理沙。」

「請、請說。」

「……我現在想親妳，可以嗎？」

「現、現在？」

「對、對……想親。請讓我親。」

由弦盯著愛理沙翡翠色的眼睛。

然後，他盡量以冷靜的語調，對眼神飄來飄去的愛理沙說：

「我是真的不想傷害妳，卻也是真的想親妳。所以……」

他用理性封印住想順從慾望行動的身體。

尋找慾望及理性的妥協點，留意遣辭用句，將其化為言語。

「如果愛理沙有辦法努力，希望妳鼓起勇氣……為了我。」

到頭來，想要她當自己的戀人、想要她當自己的未婚妻、想跟她結婚、想跟她締結關係、想跟她合而為一的心情，全是由弦的慾望，是自我中心的心情。

正因如此……他只能拜託愛理沙為他努力。

「為了由弦同學……是嗎？」

愛理沙回望由弦。

翡翠色的眼眸映著由弦的臉。

「我也可以提出一個要求嗎？」

「嗯。」

「我很膽小……那個，一鼓作氣應該……呃，比較不會害羞……所以……請你主動……

「知道了。」

這是我的任性。

為我努力。

我的任性。

兩人的心情重疊了。

「愛理沙……」

「……由弦同學。」

由弦再次抓住愛理沙的肩膀，凝視她的臉。

接著慢慢把嘴湊向粉嫩的雙唇。
愛理沙緊閉雙眼，身體繃緊了些。
感覺得到她在發抖……不曉得是出於緊張、害羞，抑或恐懼？
還是算了吧……猶豫瞬間掠過腦海，由弦強行將其驅離。
而愛理沙也……沒有抵抗的跡象。

「嗯……」
「……啊。」

雙唇輕觸。
大約一秒的時間。
雖然只有一眨眼，對他們而言卻漫長得彷彿要失去意識。

唇與唇慢慢分離。

「呼……」
「……呼。」

接著，他們這才想起來要呼吸，吐出一大口氣。

等到彼此都調整好呼吸，兩人同時開口。

「親到了呢。」

「親到了。」

像在確認似的說。

兩人互相凝視。

「……接下來換我主動好嗎？」

「妳可以嗎？」

「可以的。」

由弦閉上眼睛。

黑暗中，他感覺到愛理沙靠近自己。

柔軟的物體……隨即碰到嘴唇。

「親到了呢。」

「親到了。」

兩人相視而笑。

今天，這一天，這一刻。
由弦和愛理沙以戀人的身分，以婚約對象的身分，踏出重要的一步。

epilogue　終章

回程的新幹線上。

「玩得好開心喔。」

「對啊。」

由弦和愛理沙回憶著這趟旅程，感慨地說。

儘管只是短短的三天兩夜，對他們來說卻是有意義的旅行。

「不過愛理沙，該怎麼說……妳會突然變得很大膽耶？」

由弦苦笑著說。

平常這麼乖巧，有時卻會突然變得主動。

屬於心情及興致起伏劇烈的類型……吧？

但這種時候都是有原因的，例如遇到令人高興或不安的事。

「你、你也這麼認為嗎……」

「……有人跟妳說過同樣的話？」

「咦？沒、沒有啦……我忘記了。」

愛理沙毫不掩飾地移開視線。

她太不擅長騙人了。由弦不禁苦笑。

可是，愛理沙有不得不隱瞞的原因。

……要是告訴他亞夜香和千春也說過同樣的話，就得把她在水上樂園時誘惑由弦一事也全盤托出。

「是沒關係啦。」

「……話先說在前頭，我只有在你面前會這樣喔！」

愛理沙鼓起臉頰。

堅持自己平常不會時而難過、時而開心，情緒搖擺不定。

由弦當然也知道。

她確實變得愛笑了。但在其他人面前依然是那個「冷酷的雪城愛理沙」。

愛理沙只會在由弦面前這麼可愛。

可見她有多信任由弦。

「唔……在我面前就會變乖，是什麼樣的感覺？」

由弦有一半是故意這麼問的。

愛理沙用手托著下巴，認真思考。

「咦？這個嘛……在你面前，情緒起伏會變得更劇烈的感覺。」

語畢，愛理沙縮起身子。
八成是講完才發現有點難為情。
「我很高興喔，愛理沙。」
「……知道就好。」
愛理沙別過頭。
看來她有點鬧脾氣。
明白她在演戲的由弦對此並未放在心上，接著說：
「對了，妳覺得接吻比一起洗澡更害羞嗎？」
不敢接吻。
卻敢主動跟由弦一起洗澡或睡覺。
意即對愛理沙來說，接吻的難度比較高。
不過這會受到個人的貞操觀念影響就是了。
「嗯……因為有泡湯服嘛。穿著泳裝進入泳池都沒什麼好奇怪了，穿著泡湯服跟戀人一起泡澡……很正常呀。」
「說得也是。」
他只是被「混浴」、「泡澡」這些詞彙影響了。
只要想成是有點溫暖的泳池，確實會降低排斥感。

「那……假如沒穿泡湯服，難度就比接吻高嘍？」
「那是……全、全裸的意思對吧？這還用說！」
「所以，下一個目標就是不穿泡湯服一起泡澡了。」
由弦輕描淡寫地說。
愛理沙的表情瞬間僵住。
「呃……呃，下一個目標，是什麼？」
「我們不是成功親嘴了嗎？我在想接下來要以什麼為目標。」
「不、不用勉強制定目標吧？」
「是沒錯……」
由弦想了一下，說出真正的想法。
「……我想一起泡澡看看。」
「這、這樣呀。」
「妳……果然會排斥嗎？」
「不是，那個……也不能說排斥……」
愛理沙有點結巴。
說不定是在思考怎麼講話才不會傷到由弦。
「被人看見裸體太害羞了嗎……」

「……這也是其中一個原因。」
「還有其他理由……？」
愛理沙輕輕點頭。
「那個，因為……你也會脫光對吧？」
「對啊……」
「……那個，我沒有信心能正視你。」
比起自己的裸體被看見，她似乎覺得看見由弦的裸體更不好意思。
可以理解她的心情。不過……
「……你不想看我的裸體嗎？」
「咦？這、這個嘛……不、不好說？」
「不好回答嗎？抱歉。」
由弦露出苦笑。
即使她不太想看，總不能當著由弦的面回答「不想看」吧。
反過來說，就算她想看……以愛理沙的個性，也可以想像她會排斥誠實地回答「想看」。
「現在講這些還太早了。」
「沒、沒錯！這種事……就該一步一步來。」

「我明白。放心吧，再怎麼想一起洗澡，我都不會突然全裸衝進浴室……跟某人不一樣。」

「這、這樣講！搞得我像是想跟你一起洗澡，闖進浴室的變態！」

「呃，這樣講好像也沒錯……」

「大錯特錯！」

愛理沙不停拍打由弦的胸膛。

由弦一面道歉，一面溫柔地擋住她的手。

「可是，愛理沙。」

「……什麼事？」

「總有一天，我想試試看。」

總有一天，一定要付諸實行。

由弦堅定地宣言。愛理沙紅著臉，輕輕點頭。

「以及更後面的事。」

由弦補上一句。

愛理沙的臉愈變愈紅……紅到了耳根子。

「更、更後面的事……是、是指什麼？」

「請妳自由想像嘍。」

「……由弦同學好色。」

愛理沙瞪向由弦。

「妳在想色色的事嗎？」

「並不是……因為你是個色狼，我才覺得八成是色色的事……那叫推測，不是想像。」

「好過分……」

由弦苦笑著說。

話雖如此……

「妳說的是沒錯啦。」

「你這個人真是，完全沒在反省……誠實也該有個限度喔？」

愛理沙責備由弦……

由弦聳了聳肩膀。

兩人望著對方，愉快地笑了。

番外篇　雪城愛理沙的願望

某天的午休時間。

「雪城同學，我喜歡妳！請妳跟我交往！」

「……對不起。」

雪城家的千金雪城愛理沙……

一如往常地遭到告白，然後拒絕了。

「是、是嗎……不、不好意思，我這種人根本配不上妳……」

「不、不會，別這麼說……」

「沒關係！」

少年哭著拔腿就跑，留下想安慰她的愛理沙。

愛理沙莫名有股愧疚感，摸著自己的頭髮。

「雪城……妳還是一樣受歡迎耶。」

這時突然有人跟她搭話。

愛理沙轉頭一看……

「……是高瀨川同學嗎？」

黑髮藍眼的少年——高瀨川由弦站在那裡。

他是愛理沙的初戀兼**青梅竹馬**。

「這樣就是第十三次了……對象任妳挑耶。」

由弦壞笑著說。

愛理沙忍不住面露不悅。

由弦是她的青梅竹馬，跟愛理沙的關係卻絕對稱不上好。

不如說正好相反……

他總是對愛理沙說一些不中聽的話。

「……我沒有挑人的意思，純粹是因為不會想跟對方交往才拒絕的。」

「喔——覺得對方配不上自己才拒絕的嗎？」

「不是那個意思……」

愛理沙忍不住移開目光。

由弦慢慢走向愛理沙。

「還是說，難道……」

他伸手撫摸她的頭髮。

「妳有喜歡的男人？」

「請住手！」

愛理沙往由弦的胸口用力一推。

由弦晃了一大下。

……表情卻從容不迫。

「怎麼？被我說中了？」

「……與你無關。」

愛理沙扔下這句話，轉身離去。

從背後傳來的聲音……卻揮之不去，彷彿緊緊纏繞著她。

「別逃，雪城愛理沙。妳的本性就是任性、強勢、傲慢，卻非得要人保護才敢開口……

我就是這樣的女人，不是嗎？」

不知不覺間，聲音變成了愛理沙的聲音。

「喂，雪城。」

「哇！」

突然有人拍自己的肩膀，讓愛理沙忍不住尖叫。

回頭一看……眼前是表情有點驚訝的由弦。

「別突然發出怪聲啦。」

「……對、對不起。」

愛理沙輕聲道歉……旋即環視四周。

這裡是放學後的教室。

窗外傳來學生在參加社團活動的聲音。

「……怎麼了嗎？」

「我有話對妳說。跟我來。」

愛理沙乖乖點頭。

……不知為何，她有種不能反抗由弦的感覺。

「在這邊就行了吧……」

「……那個……」

由弦帶她來到體育館後面。

到底有什麼事？愛理沙一臉不解。

「雪城。」

「……請說。」

聽見由弦叫她，愛理沙面向由弦。

由弦開口說道：

「我喜歡妳。跟我結婚吧。」

「……咦？」

突如其來的發言，令愛理沙目瞪口呆。

聽懂這句話的意思後……。

「怎、怎麼突然講這個……」

「一點都不突然！」

咚！

由弦的手用力拍在牆上。

愛理沙在不知不覺間被逼到牆邊。

「以前，妳答應過要跟我結婚。」

「我、我不記——」

「妳記不記得不重要。」

由弦看著她的臉說。

兩人的距離近到額頭相碰，鼻子都快要貼在一起了。

「跟我結婚，愛理沙。」

「如、如果……我說不要呢？」

聽見愛理沙的疑問，由弦……

咧嘴一笑。

「就算要來硬的，我也會逼妳說出想跟我結婚。」

由弦在愛理沙耳邊輕聲呢喃。

愛理沙感覺到自己的身體瞬間無力。

「……哎呀。」

她感覺到有人從下方撐起自己。

只見由弦用膝蓋強行撐住愛理沙的身體。

「請、請你，不要這樣……」

「不要怎樣？」

「那、那個，碰到了……膝、膝蓋……啊嗚……」

由弦擺動膝蓋，愛理沙忍不住叫出聲。

後有牆壁，前有由弦，愛理沙沒有退路。

「膝蓋碰到哪裡了？」

「放、放過我……」

「那就給我站好。」

愛理沙的腿如同小鹿，瑟瑟發抖。她拚命使力，好不容易才站起來。

由弦逐漸逼近愛理沙。

她柔軟的胸部，被由弦的胸膛壓扁。

「愛理沙的頭髮……好美。」

頭髮被他溫柔地撫摸。

光是這樣，愛理沙就覺得快要腿軟。

「不、不可以……」

她不經意地別過頭。

這麼做卻等於在將無防備的臉頰及耳朵送到由弦面前。

「呼……」

「啊嗯……」

他朝耳朵吹了口氣，愛理沙不禁叫出來。

接著，由弦吻上她的耳朵及臉頰。

愛理沙下意識地將全身的體重壓在對方身上。

「喂，看這邊。」

由弦捏住她的下巴，逼她面向自己。

力氣非常大……讓人無法反抗。

「由、由弦……同學？」

「發誓吧，愛理沙。」
由弦強硬地說。
「發誓要跟我結婚……這樣我就放過妳。」
「我、我發誓……」
「身心都屬於我嗎？」
「是、是的。我、我的身心都是屬於由弦同學的。」
聽見愛理沙這麼說……由弦展露柔和的微笑。
剛才壞心的表情彷彿是騙人的。
「愛理沙，妳真棒。」
他摸著愛理沙的頭。
「那愛理沙，來接吻吧。」
愛理沙瞪大眼睛。
「剛、剛才，你說會放過我……」
「妳不是發誓了嗎？妳的東西就是我的東西。既然如此，不管我對妳做什麼……妳都不能反抗吧？」
「哪、哪有這樣的……」
好蠻橫的理論。

「好了，愛理沙，把臉抬起來……」
「啊、啊啊……」
愛理沙無法抵抗，抬起臉。
然後……

「愛理沙，愛理沙……」
「不、不可以。由、由弦同學……不、不能那麼粗暴……」
「喂，愛理沙！」
身體被人用力搖晃，愛理沙睜開眼睛。
她四處張望，發現自己在新幹線上。
「早安，愛理沙。」
「早……早安。」
意識逐漸清醒過來，愛理沙終於想起。
他們正在從溫泉旅行回來的新幹線上。
「妳好像作了惡夢，沒事吧？」
「……咦？是、是的。我、我沒事！」
愛理沙紅著臉不停點頭。

（為、為什麼會作那種夢……）
愛理沙想起剛才作的夢境。
簡直像是她希望由弦對她使壞。
「那、那個……由弦同學，我有沒有說奇怪的話？」
「奇怪的話？沒有吧……」
「是、是嗎？那就好……」
「妳的身心都是屬於我的嗎？」
由弦的這句話害愛理沙臉紅到了耳根子。
「那、那個，那是……這個……」
「既然妳的身心都是屬於我的……我對你做什麼都可以吧？愛理沙。」
由弦看著愛理沙的臉說。
愛理沙……動彈不得。
由弦把手放在愛理沙的下巴處，硬是吻上她的唇……

「啊！」
這時，愛理沙睜開眼睛。
她四處張望，發現自己在房間裡。

今天是連假結束後的上學日。
「……我作了什麼夢呀？」
愛理沙歪過頭。
似乎作了個愉快的夢。
沒錯，彷彿愛理沙的妄想化為現實……
「……算了。」
愛理沙迅速起床，準備出門。

後記

好久不見。我是櫻木櫻。

非常感謝各位拿起了這本書。

不知不覺出到第四集了。

我過去的作品最高紀錄就是第四集，若能順利繼續出下去（第五集以後），就能更新紀錄。

能走到這一步，也是多虧各位的支持。

那麼，關於第四集的內容，這次跟Web版比起來有了大幅度的加筆及變更。

第一集到第三集多少都有增加一些片段，不過故事內容基本上是一樣的，第四集卻有三分之二是全新內容。

在Web版（應該）尚未公開的情報，也在第四集揭曉。

就這方面來說，從Web版時期就在閱讀本作的讀者們，應該也能對這一集的內容感到滿足。

話說回來，由弦和愛理沙的關係看似一帆風順，其實有個尚未解決的大「地雷」。

第五集以後，希望可以提到這部分，描寫兩人能在真正的意義上成為夫妻的過程。

但這只是「預計」而已，說不定會有更動……

換個話題，關於這次的番外篇。

我想各位也看得出來，這次同樣是ＩＦ線。

從故事結構來看，也可以把番外篇的劇情加進本篇，所以可能稱不上真正的ＩＦ線就是了。

這次的主題是「愛理沙的妄想套餐」。

不是全餐。

是「其實覺得由弦這樣強硬地對待她也不錯」的感覺呢。

姑且說明一下，愛理沙並非對平常的由弦有所不滿。

不過如果一天到晚都在吃蛋糕，就算是愛吃甜食的人，偶爾也會想吃點鹹的……

請想成這種感覺。

是一個揭曉了愛理沙意外的嗜好（說不定不怎麼意外）的番外篇。

順帶一提，直到最後一刻，我還在猶豫番外篇要不要寫「不接吻就不能離開的房間」。

沒選這個主題的原因是他們可能一下就能離開了。

我認為由弦和愛理沙是只要有「不得不這麼做的理由」，就算會遲疑，最後依舊做得出來的人。

而且……在番外篇裡面讓他們輕鬆親到嘴也不太好。

可是我滿想寫寫看「不〇〇就不能離開的房間」，有機會想寫成其他番外篇。

快的話會是第五集的番外篇。

因此，想看的讀者敬請購買第五集之後的集數。

篇幅還有剩，我想來談談本作中的性描寫。

雖然現在講這個有點太遲了，這部作品裡有主角性興奮的場景。

老實說，我也不是沒想過是不是不該寫這種東西。

但我還是姑且寫進去了。

因為我覺得，「看見喜歡的女生誘人的模樣，不興奮才奇怪」。

不如說興奮不起來，代表那個人不喜歡她吧？

結婚超過十年的老夫老妻也就罷了，年輕氣盛的高中生應該不會才對。

當然，「沒寫不代表沒興奮」也是事實。

也是可以採用故意不寫的做法。

實際上，我也有沒寫出來的小設定或描述。

可是，至少本作我決定寫進去。

因為我想寫「被對方知道自己在興奮，覺得難為情」或「對方對自己感到興奮，覺得好尷尬」之類的片段。

純粹是喜好問題啦。

因此，搞不好下一部作品——雖然不知道會不會有——就不會寫了。

我也沒有堅持到非寫不可。

只是在這部作品之中，尤其是第四集以前的集數，我選擇採用這個方針而已。

還有，就我淺薄的人生經驗來說，「必須起反應的時候沒有反應」非常尷尬。氣氛會凝結、會僵硬。

坐而言不如起而行，講再多都說不過去。

我不希望由弦遇到那種事，就把他寫得很有精神了。

接下來請讓我稍微打個廣告。

第三集我也有提到，本作的漫畫版正在Young Ace UP上連載。

在網路上搜尋就看得到，不嫌棄的話還請各位去看看。

那麼，差不多該向大家道謝了。

負責繪製插圖、角色設計的clear老師。這次也非常感謝您畫了那麼美麗的插畫與封面。能出到第四集，也是拜clear老師所賜。
再次向參與本書製作流程的所有工作人員致上謝意。最感謝的是購買本書的各位讀者。
期待第五集還能再與各位相見。

身為VTuber的我因為忘記關台而成了傳說 1~3 待續

Kadokawa Fantastic Novels

作者：七斗七　插畫：塩かずのこ

衝擊性十足的VTuber喜劇，一如既往的第三集！

心音淡雪終於收到一期生朝霧晴的合作通知：「在單人演唱會的最後一段以驚喜嘉賓身分合唱！」為此，淡雪（小咻瓦）勤奮地練習，卻在首次工商直播裡說出禁忌的話語——盡被極具Live-ON特色的事件糾纏的她，究竟能不能維持住理智呢？

各 **NT$200/HK$67**

救了想一躍而下的女高中生會發生什麼事？ 1~3 待續

Kadokawa Fantastic Novels

作者：岸馬きらく　插畫：黒なまこ　角色原案、漫畫：らたん

「為了成全自己的愛情而橫刀奪愛，那我不就……」
關於「她」為了初戀及純愛糾結不已的戀愛故事。

守望著結城和小鳥的大谷翔子，發現自己對結城的愛意日漸增長，甚至被迫面臨某個重要的決定？『愛情對女人是最重要的。翔子，妳遲早也會明白這件事。』拋夫棄子，投向其他男人懷抱的母親留下的這句話，如同惡魔的囈語在大谷的腦海中揮之不去——

各 **NT$200~220/HK$67~73**

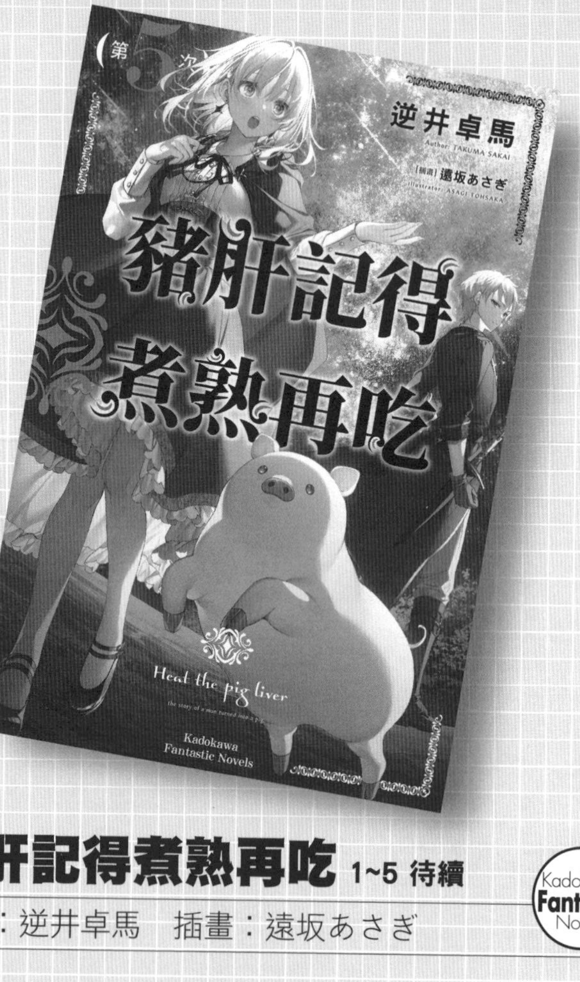

豬肝記得煮熟再吃 1~5 待續

Kadokawa Fantastic Novels

作者：逆井卓馬　插畫：遠坂あさぎ

「請看，豬先生！我的胸部變大了⋯⋯！」
真傷腦筋，看來這次的事件似乎也不簡單？

總算察覺自己心意的我，想偕潔絲踏上沒有終點的旅程，因此必須奪回被占據的王朝。諾特率領的解放軍、王子修拉維斯、三名美少女與來自異世界的三隻豬，為尋求王牌而造訪北方島嶼，希望能前往反面空間——深世界。據說所有願望在那裡都會具現化⋯⋯

各 **NT$200~250/HK$67~83**

你喜歡的不是女兒而是我!? 1~4 待續

Kadokawa Fantastic Novels

作者：望公太　插畫：ぎうにう

兩人的關係即將往前邁進一步。
一個艱難的抉擇卻又出現在他們面前——

遲遲沒回覆告白的我，終於不再猶豫了。一察覺自己的心意，我就在如火山爆發的情感之下吻了他。面對突如其來的吻，他雖然一臉驚訝，但是不用擔心，因為我倆之間早已無須言語。這下我和阿巧就是男女朋友了！結果這麼想的只有我一個……？

各 **NT$220/HK$73**

國家圖書館出版品預行編目資料

一點都不想相親的我設下高門檻條件,結果同班同學成了婚約對象!?/櫻木櫻作；Runoka譯. -- 初版. -- 臺北市：臺灣角川股份有限公司, 2023.02-
冊；　公分

譯自：お見合いしたくなかったので、無理難題な条件をつけたら同級生が来た件について
ISBN 978-626-352-269-5(第4冊：平裝)

861.57　　111020707

Kadokawa
Fantastic
Novels

一點都不想相親的我設下高門檻條件，結果同班同學成了婚約對象!? 4

（原著名：お見合いしたくなかったので、無理難題な条件をつけたら同級生が来た件について 4）

2023年2月23日　初版第1刷發行
2023年6月7日　初版第2刷發行

作者：櫻木櫻
插畫：clear
譯者：Runoka
發行人：岩崎剛人
總編輯：蔡佩芬
編輯：邱瓈萱
美術設計：吳佳昫
印務：李明修（主任）、張加恩（主任）、張凱棋
發行所：台灣角川股份有限公司
地址：104台北市中山區松江路223號3樓
電話：（02）2515-3000
傳真：（02）2515-0033
網址：www.kadokawa.com.tw
劃撥帳戶：台灣角川股份有限公司
劃撥帳號：19487412
法律顧問：有澤法律事務所
製版：尚騰印刷事業有限公司
ISBN：978-626-352-269-5

OMIAI SHITAKUNAKATTA NODE, MURINANDAI NA JOKEN WO TSUKETARA
DOKYUSEI GA KITA KENNITSUITE Vol.4

First published in Japan in 2022 by KADOKAWA CORPORATION, Tokyo.
Complex Chinese translation rights arranged with KADOKAWA CORPORATION, Tokyo.